听见他的心跳声

北风未眠 著

天津出版传媒集团

天津人民出版社

图书在版编目（CIP）数据

听见他的心跳声 / 北风未眠著. --天津：天津人
民出版社，2021.5
ISBN 978-7-201-17277-4

Ⅰ.①听… Ⅱ.①北… Ⅲ.①长篇小说—中国—当代
Ⅳ.①I247.5

中国版本图书馆CIP数据核字(2021)第082150号

听见他的心跳声
TINGJIAN TA DE XINTIAOSHENG

北风未眠　著

出　　版	天津人民出版社	
出 版 人	刘　庆	
地　　址	天津市和平区西康路 35 号康岳大厦	
邮　　编	300051	
邮购电话	（022）23332469	
电子信箱	reader@tjrmcbs.com	

责任编辑	谢仁林
特约编辑	赵芊卉
封面插图	小石头
装帧设计	凡人 sandy

制版印刷	河北华商印刷有限公司
经　　销	新华书店
开　　本	880毫米×1230毫米　1/32
印　　张	7.5
字　　数	130千字
版次印次	2021 年 5 月第 1 版　2021 年 5 月第 1 次印刷
定　　价	45.00元

目 录
CONTENTS

第1章
终止在今天

"欢迎各位来到KOT[①]的年度总决赛现场，精彩的比赛即将拉开帷幕。

"据悉，日前陷入与粉丝绯闻风波的Dawn，将在今天比赛结束后，给粉丝们一个答复。

"前不久大赛组委会接到一封匿名举报信，说Dawn在上次的复赛中，打了假赛，给对手放水，不知道他今天会对此有什么解释呢？

"是的，Dawn以第三名的成绩进入比赛，和他以往的水准比起来，确实属于发挥失常了，让人有理由相信这封举报信的真实性。

"Dawn在电竞圈向来有不败战神的称号，可最近却接二连三地曝出丑闻，到底是竞争对手恶意抹黑，还是事实如此呢？"

台下，戴着白色鸭舌帽的少年坐在椅子上，视线专注地看着赛场，黑眸冷淡。

教练在旁边点头哈腰地给投资商赔礼道歉，说这次总决赛一定能获得第一名。

在比赛开始前五分钟，少年没有预兆地站起身，脱下队服，语调缓慢道："我弃权。"

留下这三个字后，他径自离开。教练懵了，投资商在身后怒骂。

大赛的广播里再次传来声音："刚刚接到消息，Dawn竟然在比赛开

---

① 作者虚构的电竞职业联赛名称，是书中最高规格的电竞职业联赛赛事。

始前弃权了!

"对,你没有听错,他弃权了! 这是不是也代表着他默认了最近的绯闻?

"Dawn的这个举动,不仅是弃权,更是放弃了他整个职业生涯,Dawn的神话,要中止在今天了吗?

"Dawn才二十二岁,正是打职业赛的最好年龄,可以说是因为他,STG①战队才有今天,不敢想象,他退役之后,STG战队将面临的会是什么。

"目前,Dawn已经拒绝了所有采访,现在看来,不少粉丝应该会无法接受,只可惜,她们关注了一个人品有问题的偶像,只能打碎了牙往肚子里吞了。"

赛场外,众多举着"Dawn"手幅的粉丝,脸上都写满了震惊,似乎不敢相信听到的这一切。

短暂的沉默后,有人爆发了,将手幅和灯牌扔到地上,红着眼骂道:"啊,我喜欢了Dawn这么多年,没想到他竟然是这种人,连一句解释都没有就退役,窝囊废,缩头乌龟! 我当初真是瞎了眼了!"

随着他的离开,粉丝们一个个放下手幅转身,脸上写满了失望与沮丧。

原本热闹的广场上,瞬间只剩下空旷和冷清。

Dawn的时代,终于落幕了。

少年从一侧走出,手幅被风吹动,停在他脚边。

他微微垂着头,看不清眼底的情绪,过了片刻才弯腰将手幅捡起,揣在裤兜里,迈着长腿离开,没有回头。

三年后。

最近获奖无数,有"天才大提琴少女"之称的阮粟将在南城举办最后

---

① 一支电竞战队的名字。

一场巡演。

此后，演出会告一段落，她将回归到学业上。

在后台，阮粟抱着大提琴，反复练习等会儿要表演的曲目，有一个调她始终都会拉错，怎么都调整不好。

工作人员过来敲了敲门，提醒她道："小粟，准备一下，还有二十分钟就要上场了。"

"好。"

等人离开，阮粟感觉整个屋子都是烦闷的，她放下大提琴，拿起振动的手机，是她母亲打来的。这已经是今晚的第十三个未接来电了。

阮粟将手机扣下，拉开门走了出去。

休息室旁边的大阳台靠着最繁华的商业街道，随着最后一缕阳光褪去，路灯一盏一盏地亮起，整个街道都是璀璨而又绚丽的光芒。

阮粟手撑在栏杆上，裙摆被夏日的晚风吹起，不停地摇曳着，就像是要挣脱束缚，奔向自由。

远处的天空是黑沉沉的，快要下雨了。

难怪这么闷。

阮粟脑袋枕在手臂上，漫无目的地看着远方，明明什么也没有想，什么也没有做，可她就是觉得脑子里很乱，始终无法静下心来。

如果到演出开始还是找不到状态的话，那今晚，就不是她这次巡演的最后一次演出，而是她人生中的最后一次演出。

阮粟微微吐了一口气，看了眼手表，还有十分钟了。

她好像什么也做不了。

阮粟原路返回，垂着头走了几步，抬头时发现，走廊一侧不知道什么时候多了一个人。

男人倚靠在墙上，单手插在裤兜里，叼着一支烟，眼角垂着，另一只手百无聊赖地把玩着打火机，像是在等人。

阮粟脚步停顿了一下，犹豫了几秒后，朝他走了过去，轻声道：

"你好。"

叮——

打火机合拢。

男人略微抬起眼，看着眼前的小姑娘，懒懒地开口："有事？"

阮粟盯着他唇间的那支烟，抿了抿嘴角："可以给我一根吗？"

男人看向她的眼神多了一些深意和玩味，他将打火机放进裤子口袋里，取下烟，掸了掸烟灰，再次开口时，带了些痞气："这可不是什么好东西，小姑娘最好还是别碰。"

阮粟轻皱了一下眉，握紧的拳头逐渐松开，没再多说，点头致意后，转身离开。

"等等。"男人叫住她。

阮粟回过头，见男人摸出烟盒，从里面抽出一根烟递给她，眉头微挑："会吗？"

她摇头。

男人将烟咬在唇间，打开打火机，吸了一口重新递给她。

阮粟垂在身侧的手抓紧了裙摆，似乎在考虑应不应该去接。

男人也不着急，就这么静静地等着。

等烟燃了快一半的时候，阮粟才伸手接过："谢谢。"

说完后，她慢慢地将烟放在唇间，学着他刚才的样子深深吸了一口，一股浓烈的、刺激的、从未接触过的味道灌入喉咙，呛得她接连咳嗽了好几声，眼角泛出了泪花。

这是什么鬼东西？

男人伸手拍了拍她的背，把烟接了回来，淡淡地道："烟就是这种味道。"

阮粟感觉自己咳得五脏六腑都快出来了，根本答不上话来，一抬头就看见工作人员正朝这边走来，她顾不得其他，连忙跑了。

男人看着她的背影，唇角勾了下，将那剩下的半支烟放在了唇间。

这时候，一道声音从后面传来："沈哥，你刚才和谁说话呢？"

沈燃头也没回，吐了一口烟雾后，把烟头碾灭，语气清淡："一小姑娘，估计和家里大人闹矛盾了。"

林未冬啧了一声："还是沈哥桃花运好，走这儿都有小姑娘搭讪……不过这儿卫生间是真难找，绕死我了。"

沈燃道："走了。"

林未冬从朋友那儿搞到两张大提琴演奏会的门票，奈何身边没一个朋友是懂得艺术欣赏的，费了九牛二虎之力才把宅在游戏厅里半个月没有出门的沈燃拉了过来。

虽然他们两个都没有什么音乐细胞，但好歹也可以陶冶一下情操嘛。

尤其是沈燃，再不出门，说不定都能在游戏厅里结网了。

入场找到座位之后，林未冬左右看了看，压低声音在他旁边道："这场爆满啊，看来咱们今天是来对了。来之前我查了查资料，这个叫Simin的，出生于艺术世家，她爸爸是钢琴家，妈妈是舞蹈家，她四岁开始学钢琴，六岁开始学大提琴，十六岁就已经拿了众多国内外的奖项，今年才十九岁，就已经办起了自己的世界巡演，难怪都叫她天才大提琴少女。"

沈燃手肘放在扶手上，单手撑腮，漫不经心地"嗯"了一声。

他确实对这些东西，没有什么兴趣。

不过林未冬却是激动不已，一边紧紧盯着已经暗了灯光的舞台，一边继续对沈燃道："据说她长得挺漂亮的，等会儿要是能和她要个签名，再合张照就好了。"

"你差不多行了，别人还是个小姑娘呢。"

林未冬撇嘴："小姑娘又怎么样，你没听说过吗？小姑娘慢慢也会长大的。"

沈燃懒得理他，拧开一旁的矿泉水喝了一口。

舞台的灯光重新亮起，一抹纤细的身影走了出来，这身影朝观众席鞠了一躬后，走到大提琴前坐下。

一束灯光聚集在她头顶，整个舞台上，只有她是明亮的。

沈燃目光淡淡地掠过舞台，在看到抱着大提琴的女孩时，拿着矿泉水的手顿了顿。

林未冬小声道："还真挺漂亮的，等会儿一定找机会去要个签名。"

沈燃没说话，只是盯着舞台，不知道在想什么。

舞台上，阮粟深深地吸了一口气，抱着大提琴的那只手，隐隐有些颤抖。

今晚的第一首曲目是巴赫的《G弦上的咏叹调》。

此曲为巴赫《第三号管弦乐组曲》的第二乐章主题，在巴赫死后一百年才大为流行。

整个现场都充满着轻缓低慢的旋律，所有人都在安静地欣赏着。

就连林未冬这个乐痴，都听得如痴如醉，沉迷其中。

一曲终了，阮粟起身再次鞠了个躬，回后台稍作休息，便开始了第二首。

时间过得很快，一转眼，就到了最后一首。

阮粟看着台下那些为了她而来的听众，手抖得更厉害了，她咬了咬唇，坐在凳子上，睫毛轻轻颤着。

她拿起大提琴，开始拉第一个调。

越到后面，她手心里的汗越多。

沈燃一瞬不瞬地看着她，放在膝盖上的手收拢，薄唇微抿。

终于到了她一直会拉错的那个调，阮粟看见母亲坐在台下，一脸满意和欣慰，握着琴弓的手松了松。虽然只是瞬间，但她还是有了放弃的想法。

如果这场巡演失败，最失望的、最丢脸的、最生气的，一定是她母亲。

正当阮粟打算彻底松手的时候，抬眼却望见了一双沉黑安静的眸子。

是在后台时遇见的那个男人。

那股浓烈的、刺激的味道，仿佛再次升了上来，弥漫在她的口鼻之间，让她快速清醒了过来。

他也是特地来听这场演奏会的吗？

阮粟看着台下为她而来的那些听众，闭了闭眼，重新握紧了琴弓，硬着头皮将那一个调拉了过去。

最后一曲结束。

短暂的沉默后，演奏厅里爆发出雷鸣般的掌声。

阮粟起身，对着听众席深深鞠躬。

她其实，挺对不起他们的。

回去的时候，阮粟靠在车窗上，看着外面一闪而过的街景，脸上没有什么表情。

母亲周岚坐在她旁边，眉头微微皱着："西米，你今天是怎么回事，但凡懂一点儿音乐的人都能听出来你那一个调有问题。你总说我给你的压力太大了，好，我听你的，不去后台守着你，可我才一次没去，你就出现了这么大的问题，你让我怎么能放心？"

阮父开着车，低声道："你就别说孩子了，最近接连举办了这么多场巡演，她肯定也累了。再说了，听众不都没有听出来吗，更何况只是一个调而已，不会有人在意的。"

"一个调而已？半个调她都不能出错！她要是还想在这条路上走下去，就一丝一毫都不能有误差！"说着，周岚又道，"西米，你应该知道，比你厉害的人还有很多，但不是人人都有你这样的运气，你的专业一旦受到质疑，不被认可，很快就会被人替代下去，你到底明不明白？"

阮粟靠着车窗，没有说话。

很快，周岚又道："我已经向柯蒂斯音乐学院递交了申请，不出意外的话，最多一年你就能去那边，这段时间你就好好在国内练习，再也不能出现今天这样的错误了。"

阮粟慢慢转过头："我想住校。"

周岚想也不想地拒绝："不行，有司机每天接送，用不着住校。"

阮粟抿了下唇，重复道："我想住校，我想有自己的空间。"

不等周岚再次开口，阮父便道："西米想住校就让她住校，反正她学校离我那边近，她随时都可以去我那里住。"

周岚眉头皱得更深："就是你一直纵容她，才导致她总觉得我给了她太大的压力，我们已经离婚了，孩子的事我自己知道处理。"

"就算是离婚了，西米也是我的孩子，我也有责任照顾她。"

"就是因为你总这样，在孩子的教育问题上我们谈不到一起，才会走到现在这个地步的。"

阮粟捂住耳朵，不想再听了。

车停在了小别墅门口，阮粟下车后，阮父摸了摸她的脑袋："西米，别去在意你妈妈说的那些话，巡演已经结束，不要那么紧张，这段时间你就好好放松一下自己，想住校就住校，随时都可以到爸爸那里去。"

阮粟点了点头："谢谢爸爸。"

等阮父的车离开后，阮粟才走进了别墅。

周岚坐在沙发上，双手环着胸，见她回来，问道："你爸都跟你说了些什么？"

"没什么，他让我好好休息，放松一下自己。"

周岚冷笑了两声："我就知道不会从他嘴里说出什么好话，你现在都什么时候了，他还把你往歪路上带。西米，你爸那不是为了你好，是在害你！"

阮粟抿了抿唇，反驳的话到了嘴里又咽了回去，这种无谓的口舌之争，她已经说腻了。反正不论她说什么，她妈妈都只会按着自己的意愿来。

她闷闷地开口："我回房间了。"

周岚道："回去吧，现在时间还不算太晚，再练习一会儿，我等下切点水果给你送上去。"

阮粟已经走到楼梯前了，闻言停顿了一下，又加快了速度。

回到房间后，她立刻将门关上，并上了锁。扑到床上，再也不想动。

躺了一会儿，阮粟趴着身，抬起个脑袋，看着放在房间最中间的大提琴，想起今天演奏会上最后的那一幕，以及全场的满怀期待的听众，她觉得整个人都快窒息了。

什么年少成名，什么天才大提琴少女，全是别人强行冠在她头上的称谓。她明明，什么都做不好。

这时候，敲门声传来，周岚在门外道："西米，你在做什么？怎么把门锁了，快点儿给妈妈打开。"

阮粟闻言，懊恼地捶了捶床，双腿在空中胡乱蹬了一通，满满的烦闷无处发泄。等敲门声再次响起时，她才慢吞吞地从床上爬起来，走过去开门。

门一打开，周岚就皱着眉道："西米，妈妈不是告诉过你吗，不能锁门，你要是在这里出了什么事该怎么办？"

阮粟转身窝进沙发里，拿了个抱枕在怀里："不小心关上的。"

周岚把果盘放在她面前的茶几上，似乎是想再说什么，但偏头却看到一旁还放在原位没有动过的大提琴，眉头皱得更深："怎么没练习？"

阮粟倒在沙发的扶手上，闭上眼睛："我累了，想休息一下。"

周岚看了她一会儿，叹了口气："算了，明天早上再起来练。"离开时，她又道："你记得把水果吃了，澡洗了再睡。"

阮粟含糊地嗯了声。

等关门的声音传来之后，她立即坐了起来，确定周岚是真的走了之后，拿出手机，戴上耳机，将果盘抱着往床上一躺。

她塞了一块水果在嘴里，点开了最近热播的综艺节目。

看完综艺已经是深夜一点，阮粟将手机放在床头，闭上眼时，脑海里却不自觉的，浮现出昨天在后台时的那一幕。那股烟味，仿佛到现在都还很清晰。

阮粟打了个哈欠，翻身睡着了。

第2章
拐角的第一面

回到游戏厅后，林未冬倒在沙发上，一脸遗憾地摇头："太可惜了，我应该再往前挤挤的，说不定就能拿到签名了。我宣布，从今天开始，我要正式做一个西米露！"

沈燃坐在一旁的高凳上，摸出一支烟点燃，闻言侧眸，淡淡地问道："什么？"

"西米露啊。"林未冬爬了起来，从他烟盒里拿了一根烟，一边打火一边道，"Simin的粉丝，就叫西米露，是不是很可爱的名字？"

沈燃掸了掸烟灰，往后一靠，语调散漫道："你一个乐痴，学人家做什么粉丝！"

"你还别说，今天听了这场大提琴演奏，我感觉我的任督二脉被打通了，我可能骨子里有音乐细胞，只是以前没有发现而已。沈哥，要不咱们开个直播，你露脸，我嚎两嗓子，说不定还能圈不少粉，赚一大笔。"

沈燃踹了他一脚，笑骂了声："滚！"

他吐了一口烟雾，脑海里不自觉想起了那个小姑娘问他要烟的场景。他一开始以为她是和家长闹矛盾了，才想抽烟学叛逆。

但从舞台上来看，她应该是遇到困难了。

如果他没看错的话，有一个瞬间，她打算放弃了。

一个十八九岁的小姑娘，鼓起勇气问陌生人要烟，和他说话时，眼睛清澈明亮，毫无防备。

沈燃想起自己的做法，觉得挺可耻的，明明有其他方式劝她，却偏偏用了那么极端的方法。

不过也好，有了今天的尝试，她以后应该不会再对烟感兴趣。

沈燃将手里的烟抽完，起身。

林未冬道："沈哥，再聊一会儿啊。"

沈燃头也不回，懒懒地道："睡了。"

"我过几天要去外地一趟，马上就开学了，你一个人忙不过来，记得招人。"

"知道了。"

一个星期后。

阮粟如愿以偿地拖着行李箱，走到了宿舍，看着印着她名字的床位，终于闻到了自由的味道。

直到她出门前，周岚都还是很不愿意她住校，但阮粟保证她会每天晚上给周岚打电话，每个周末回家一次。

虽然这样还是很麻烦，但已经比她待在家里好了太多。

"哈喽①！"

身后传来一道声音，阮粟连忙转头："你好。"

"你好你好，我叫阿楠，你就是阮粟吧，那个天才大提琴少女！"

阮粟唇角抿了一下，轻轻点头："叫我名字就好。"

阿楠激动得不行："真的是你啊，我还以为是同名同姓呢，我太幸运了，竟然和你在一个宿舍！对了对了，我们宿舍还有一个人，但她家里有点儿事，要过段时间才来，所以在她来之前，你有什么需要帮助的，都可以找我！"

阮粟笑："谢谢。"

阿楠原名安楠，是舞蹈系的，活泼热情，比阮粟早几天来学校，学校

———————————

① hello的中文音译。

里里外外周边的情况她已经很熟悉了，带着阮粟去食堂吃了午饭后，又带着她逛了一圈校园。

到了下午，学校也逛得差不多了，安楠拉着阮粟，神秘兮兮地道："还有一个地方，我一定要带你去，我保证你会喜欢那里的！"

阮粟还来不及回答，就被拖着走了。

音乐学院后面有一条街全是美食，被称为美食街，附近的学生很多都喜欢来这里吃东西，街尾有一条巷子，从这里进去，有一家游戏厅。

不同于商场里豪华的游戏厅，这里很多设备都已经老旧了，有的都是老式的游戏机，但出乎意料的，人还挺多。

安楠带着阮粟走了进去，小声道："我告诉你哦，这里的老板超级帅，太酷了，等会儿你见到他就知道了。"

阮粟四下看了看，这里不少人抽烟，味道有些浓烈呛鼻。

她咳嗽了两声，挥了挥萦绕在面前的烟雾。

安楠走到收银台，看着空了的椅子，咦了一声："老板呢？"

一旁有个玩游戏的男生随口回道："沈哥睡午觉还没起来呢，要游戏币自己拿，把钱放桌上就行了，二维码在墙上。"

"行吧。"安楠扫了下二维码转了五十块钱过去，从收银台数了五十个游戏币，回过身拉着阮粟，问道："你想玩什么？"

阮粟没来过这种地方："我都行。"

安楠想了想，阮粟一看就是乖乖女，以前肯定没来过游戏厅，便把她带到了抓娃娃机前："先从这个开始吧，我教你啊，先投币，再摇动这个杆，最后……"

阮粟默了默才道："其实……抓娃娃我还是会的。"

安楠哈哈笑了两声，给了她三十个币："那你先玩着这个，我去旁边了，你要是想玩其他的就找我。"

"好，你去吧。"

阮粟拿着沉甸甸的游戏币，站在娃娃机前，看着里面一个比一个丑的娃娃，啧了一声，这老板什么品味?

虽然这些娃娃实在是太丑了，但反正闲着也是闲着，打发一下时间也好。

阮粟在丑娃娃堆里看到一个粉红色的兔子，勉强还算是能看得下去，她投了一个币进去，开始全神贯注地抓。

一连用了二十个游戏币，那粉红色兔子还在原地徘徊。

阮粟实在是觉得，这兔子不值得她花那么多钱，便果断放弃了。

她转过身，见安楠正在跳舞机上玩得开心，便没有去打扰她，走到收银台旁边打开冰柜拿了一瓶水，按着标价扫码转账。

这老板心可真够大的，午觉睡到这个时间，也不怕东西丢了。

阮粟刚拧开水喝了一口，就听到身后有几个声音调侃道："沈哥终于睡醒了。""沈哥终于起来了。"

她下意识地转过头，看见一个男人穿着黑色短袖和黑色长裤，一手薅着头发，他似乎没怎么睡醒，眼睛半眯着，眉头隐隐蹙起。

他全然不管那些打招呼的调侃声，径直朝收银台的位置走来。

阮粟愣了两秒，认出他是那天在后台的男人，在他快要走近时，她快速偏过了头。

沈燃仿佛没看见她，将收银台的椅子一拉，趴在桌面上又睡了过去。

阮粟："……"

难道他就是这里的老板? 这可太尴尬了吧。

她刚想离开，旁边打游戏的男生便探了个身子过来："沈哥，来杯奶茶吗? 醒醒神。"

阮粟本来以为他不会回答的，谁知道隔了十多秒后，男人缓缓支起脑袋，"嗯"了一声，嗓音还带着浓浓的倦意："加冰。"

"好的。"

男生转过头去，拿起手机点外卖。

沈燃说完后，本想再继续睡一会儿，侧眸却看到前面站了一个小姑娘，一个有些眼熟的小姑娘。

等他看过来的时候，阮粟才意识到她还抱着水站在原地。

她一时走也不是，不走也不是，好歹见过面，不打招呼又不太好，但是打招呼吧……又不知道该从何开始。

好在男人像是并未认出她，看了她两秒后，又垂下了头。

这次，他没有再睡觉，而是拿出手机百无聊赖地划着。

然而阮粟却注意到，他一开始好像是想去拿手机旁边的烟盒，但不知道为什么放弃了，所以才会转向手机。

这时候，安楠在身后拍了拍她："游戏币用完了吗？我再去买点儿。"

阮粟连忙回过神："不用了，我……"

安楠却看到坐在收银台的男人，激动地道："啊，老板你醒了呀！"

沈燃玩手机的手一顿，轻轻抬眼，点了一下头。

安楠来这里好几次了，也算是在沈燃这里混了个脸熟，她二话不说拿出手机："老板，我再要五十个！"

沈燃把游戏币装在篮子里递给她，轻笑了声："你算是我这里的大客户了。"说着，又对一旁打游戏的男生道："再多点一杯奶茶，请这个同学喝。"

安楠听得眼睛亮了，连忙拉过阮粟："老板，这是我同学，和我一起来的，可以也请她喝一杯吗？"

沈燃挑眉，看向男生："两杯。"

"没问题。"

安楠高兴地道："谢谢老板！"

阮粟还有些不在状态，张了张嘴又不知道该说什么才好，那边男生已经快速下单了，她只能跟着小声说了句谢谢。

沈燃唇角勾了一下，重新低下头玩游戏。

安楠把阮粟拉到一旁坐下，小声而又激动道："怎么样，那个老板是不是特别帅？"

阮粟却和她想的完全不是一件事，上次找他要烟，也是脑子一热，只是听别人说抽烟能缓解压力，她那天状态始终不对，本来是想试试的，哪知道……竟然是那么个情况。

这次，她也没做什么，就让他请喝奶茶。

阮粟道："我们……这样是不是不太好啊？还是应该把钱转给他。"

"没事啦。"安楠投了游戏币，一边打着一边道，"那个老板人很好，经常请来这里玩的人吃东西，你要是觉得过意不去的话，我们以后常来就行了。"

阮粟："……"她才不要再来了！

不一会儿，奶茶便送来了，点单的那个男生拿了两杯放到她们旁边："同学，你们的奶茶。"

安楠回过头笑道："谢谢啊。"

"客气，沈哥请的，我就是跑个腿。"

男生回去后，阮粟转身，发现男生和老板面前都没有奶茶，她们的比他们的奶茶点得晚，估计还没送到。他先把他们的奶茶，拿给了她们。

阮粟看着面前的奶茶，呼了一口气。

又过了半个多小时，安楠终于把手里的游戏币挥霍完了，她揉了揉胀鼓鼓的肚子，对阮粟道："你先在这里等我一下，我去趟厕所。"

阮粟轻轻点头。

她将奶茶杯扔到垃圾桶里，走到了收银台旁边。

老板不知道去哪儿了，刚好不在。

阮粟摸出手机，扫了二维码，正要付账的时候，低低的男声从旁边传来："要游戏币吗？"

她猛地转过身，看着眼前一手支在收银台上，懒懒的站着的男人，停顿了一下才道："不是，我……付奶茶钱。"

沈燃扬眉："不是说好请你们的吗？"

"我想了想还是觉得无功不受禄，谢谢你的好意。"

阮粟说完，继续刚才的付款，把两杯奶茶的钱都给了。

沈燃也没阻止她，只是看了眼外面，淡淡地道："天黑了，早点儿回学校，外面不安全。"

阮粟点了点头，本来想说那天的事，但男人却好像已经不记得她了，她也就不好再提。

她只是怕在后台找人要烟的事如果传出去了，后果不堪设想。

从今以后，哪怕是半点儿自由，她母亲都不会给她。

阮粟只是想想，都觉得头皮发麻。

再次朝他点头致意后，阮粟走到门口去等安楠。

沈燃看着她的背影，舔了下薄唇，从烟盒里敲出一支烟咬住，点燃。

回去的时候，安楠又带着阮粟去小吃街上逛了一圈，两人吃得撑得不行。

从小周岚就不让阮粟吃外面的东西，以前她都是偷偷地吃，生怕被发现了，而现在却可以光明正大地吃，想吃多少就吃多少，脸上的笑容也越来越灿烂。

等她们两人吃饱喝足，准备回去的时候，却见不远处的烧烤摊上，坐着一道熟悉的身影。

沈燃一手开着手里的拉罐啤酒，一只手支在桌上，侧头听着身边人说话。老旧灯泡特有的暖黄色光静静投下，落在他身上，在喧闹的夜色中，显得沉寂又安静。

阮粟没由来地就想起那天在后台她问他要烟时，他懒懒地问她："有事？"

他的声音低沉，质感很好，沙哑又有磁性。

安楠走出了几步，才见阮粟没有跟上来，回过头见她站在原地看着一个方向出神，便顺势看了过去："咦，那不是游戏厅的老板吗？"

她的声音就在耳边响起，阮粟连忙收回思绪："对，好像是他……"

安楠一脸羡慕地看着他们那一桌："什么时候我也能和沈老板一起吃

饭就好了，你看到那群男生了吧？都是附近几个大学大二大三的，和沈老板关系好，他隔三岔五就请他们吃东西。"

阮粟轻轻道："男孩子都容易玩到一块去吧。"

"这倒也是，沈老板看上去年纪不大，估计和他们差不了几岁吧。"说着，安楠勾着阮粟的肩问道，"怎么样，游戏厅好玩吧？等下次没课的时候，我们再来。"

阮粟朝她笑了一下，点了点头。

和身边的人说完后，沈燃拿起手里的啤酒，仰头喝了一口，再转过头时，这条街上已经没了那个小姑娘的影子。

他收回视线，低头把玩着易拉罐，舔了下唇，倏地失笑。这时候，桌上有人问道："沈哥，林哥去哪儿了啊，什么时候回来？"

沈燃将啤酒喝完，顺势把易拉罐扔进了垃圾桶里："处理一点儿事，还要等几天。"

又一人感叹道："明天就要开学了，好日子到头了。"

"据说今年新一届学妹颜值都还不错，看来我得下功夫了，争取早日脱离单身。"

"你能别光想着你自己吗，也给我们沈哥物色物色，他也老大不小的了，成天跟林未冬两个男人守着个破游戏厅有什么劲儿。"

"沈哥还用我帮他物色吗，游戏厅里的那些女生们，不都冲着他来的吗？"

沈燃笑道："别往我身上扯。"

吃完烧烤，沈燃回到了游戏厅，将垃圾都收拾好放到了门外的垃圾桶里，把椅子摆放回原处，关了所有的游戏设备后才回到房间。

他冲了个澡出来，头发还滴着水，就往沙发里一躺，摸出烟盒抖了一支烟咬在唇间，在点烟的同时，拿过扔在一旁小桌上的手机，点开了搜索框，输入了一个英文名。

Simin，中文名阮粟，十九岁，天才大提琴少女，目前就读于南城音乐学院。

沈燃往下翻了翻，得到的信息和林未冬之前给他说的那些差不多，没什么特别的。

他退出页面，掸了掸烟灰，缓缓吐出一口烟雾，淡淡笑了下。

到了小吃街，秦显他们几个在讨论吃什么，他站在一旁，抬眼就看到小姑娘坐在街边吃东西，腮帮子撑得鼓鼓的，笑起来眼睛弯成了一道月牙。

就在他们还争执不下的时候，沈燃突然出声："吃烧烤吧。"

烧烤摊就在旁边，一转头就可以看到她。

秦显他们正拿不定主意，见他说话，当即便同意了。

沈燃摁了摁太阳穴，觉得自己有病，人小姑娘才十九岁，他想些什么呢。

第3章
要一起吗

阮粟坐在教室后面，看着在台上表演的同学，视线落在旁边的大提琴上，唇角轻轻抿起。

台上，每个同学都表现得不错。

到了阮粟的时候，老师带头鼓掌："今天在座的同学都有耳福了，能免费听一场天才大提琴少女的演奏。"

有几个同学跟着起哄，掌声经久不息。

阮粟站起身，深深吸了一口气，打开琴盒，拿出大提琴缓缓地走到了教室前面。

老师对着坐着的同学做了一个安静的手势。

阮粟抱着大提琴坐下，调整了一下姿势后，摁住了一根弦，右手拿着琴弓轻轻放在了琴弦上。

当她正准备拉响曲调，抬头却看到所有人的目光都落在她身上。

阮粟脑海里突然就想起了最后那天巡演时，那个硬着头皮拉过去的调，以及下面每个听众真实却模糊的面孔，她的手不由自主地有些颤抖。

老师见阮粟坐在那里，迟迟没有下一步的动作，便关心地问道："怎么了？有什么问题吗？"

几秒后，阮粟放下琴弓，抿了一下唇站起身："抱歉，老师，我有点儿不舒服。"

老师似乎没怎么反应过来，愣了愣才道："啊……哪里不舒服，要去校医院看看吗？"

阮粟摇头："不用，我休息一下就好了。"

"那行吧，你先回宿舍，如果实在不舒服的话，一定要去校医那里看看。"

"谢谢老师。"

阮粟背着大提琴走在校园里，始终低垂着头，她不知道她是怎么了，明明是一首很简单的曲子，自己私下也练习过无数遍，她却连第一个调都拉不出来。

好像只要一拉，就会出错。

绕着学校的操场走了两圈后，下课铃响了，周围的人逐渐变得多了起来。

阮粟不想回宿舍，但又不知道应该去哪里。

就这么漫无目的地走着。

等到再抬头时，阮粟却发现自己站在游戏厅外面。

可能是因为已经开学了的原因，这会儿游戏厅人的并不多，只有三三两两的几个人，并没有上次那么吵闹。

阮粟踮起脚探头往里面看了看，收银台的位置是空的，老板应该还在睡觉。她站在门口犹豫了一会儿，还是走了进去。

她现在的心情太烦闷了，需要找个地方发泄。

阮粟走到收银台的位置扫了五十，把游戏币拿着，随便找了台机器坐下，将大提琴取下放在脚边。

她投了两个币进去，胡乱摇晃着面前的操纵杆，看着面前两个小人打来打去，没过一会儿，屏幕上就出现了"Game over"①几个字。

阮粟又投了几个币进去，游戏依旧很快结束，她控制的小人被打得鼻青脸肿的。

心情好像更不好了……

正当阮粟打算放弃的时候，一道阴影罩下，低沉磁哑的嗓音在她耳边

---

① 中文"结束"之意。

响起："这个不是这么玩的。"

阮粟下意识想要转过头，谁知男人离她很近，她一动，唇险些就碰到他侧脸。她连忙往里面缩了几分。

沈燃俯身在她后面，左手操控着摇杆，右手快速摁着她手旁的几个按钮，视线专注地看着屏幕。

阮粟身后，就是男人温热有力的胸膛，她甚至能清楚地闻到他身上淡淡的烟草味儿，以及沐浴露的清香。有几个瞬间，他手已经碰到她。

"会了吗？"

直到男人的声音再次传来，阮粟才回神一般看向屏幕，她这边的小人赢了。

阮粟脸红了红，声音有些尴尬："不……不太会……"

她刚才完全没有去看他怎么玩的，而是……注意力全放到了他身上。

沈燃轻笑了下，刚想开口，见小姑娘的脸近在咫尺，似乎是终于察觉到这个姿势不太好，便将手收了回来，直立起身："我教你？"

阮粟点了下头，轻轻地道："好。"

沈燃长腿一动，坐到她身旁，对不远处的男生道："帮我拿几个游戏币过来。"

沈燃低下头，投了几个游戏币在机器里，刚想给她说游戏内容，一转头就看到小姑娘瞪着大眼睛一脸茫然的表情，沉默了几秒，他从游戏机上的按键开始介绍。

阮粟似懂非懂地听着，脑了快速记下每个按键的作用。

等沈燃再给她讲完游戏内容后，她大概清楚了几分。

然而等到她真正开始上手玩时，还是输了。

看着小姑娘的神情有些沮丧，沈燃又投了两个游戏币："没关系，再来一次，已经比刚开始好了很多。"

又接连玩了好几把，阮粟操作得越来越好，当她这边的小人终于赢了的时候，阮粟看着屏幕上的 "Game Victory"①，压在心里的一下午的郁闷瞬间消失，脸上露出了笑容。

沈燃起身，从冰柜里拿了一瓶饮料拧开递给她，嗓音低沉带笑："很棒。"

说实话，阮粟觉得自己玩得非常垃圾，这么多把才赢了一把，结果却听到他的夸奖，难免有些不好意思，耳朵不由得红了一点儿，慢慢接住他递过来的水："谢谢啊，如果不是你的话，我到现在都不会玩。"

"客气。"

这时候，秦显不知道从哪里钻了出来，喊道："沈哥，吃饭去啊，快要饿死了。"

沈燃看了眼时间，快七点了。

阮粟本来是在喝水的，见他看了过来，以为是她在这里，他不好意思关门去吃饭，她刚想摆手说她这就回去了的时候，却听他低声问道："一起吗？"

阮粟本来应该直接拒绝的，可她不知道怎么却停顿了几秒。

话问出去之后，沈燃也觉得不太适合，加上这次，他们总共也才见了三次面。对于她来说，他还只是一个陌生人而已，现在突然邀请她一起吃饭，小姑娘可能会觉得他不怀好意，但说出的话又不能收回。

沈燃不动声色地舔了舔唇，解释道："下午用了你不少游戏币，或者我把钱转给你？"

阮粟摇了摇头，只是小声问道："我可以再叫一个朋友吗？"

沈燃松了一口气："当然可以。"

安楠接到阮粟消息的时候，直接把吃到一半的外卖扔了，穿上鞋子就风风火火地跑出宿舍。

妈呀！前两天才和阮粟说什么时候能和沈老板吃个饭，没想到机会这

---

① 中文"游戏胜利"之意。

么快就来了！她太爱阮粟了！

　　川菜馆里，秦显他们几个的视线时不时忍不住地往阮粟身上瞥，又看向沈燃，脸上纷纷流露出暧昧不明的笑容。

　　沈哥虽然平时经常请他们吃饭，但这么久以来，饭桌上还从来没出现过女孩子——尤其这么漂亮的女孩子。

　　而且这女孩子看起来就很乖，不用猜就知道是被忽悠来的。

　　他们互相交换着眼神，笑容逐渐变得意味深长。

　　看来沈哥这是春天要来了啊。

　　阮粟压根儿就没察觉到他们的想法，只是看着面前的饮料，满脑子都是她还没有付账……

　　但老板都请她吃饭了，估计饮料钱也不会要。

　　沈燃点完菜后，偏过头低声问阮粟："想喝什么吗？"

　　阮粟指着面前的饮料："我这里还有，不用了。"

　　沈燃淡淡地勾了勾唇，把菜单递给了服务员。

　　这时候，秦显终于忍不住了，咳了两声，故意嗲了几分："沈哥，我想喝啤酒。"

　　其余几个人纷纷效仿。

　　阮粟看着他们，一时有些茫然，不知道他们在做什么。

　　沈燃抬眸扫了他们一眼，语调不冷不淡："自己去拿。"

　　秦显嘿嘿笑了两声，起身去了旁边。

　　他们也是这里的常客了，跟老板打了声招呼后，就抱了一件啤酒过来。

　　阮粟视线放到桌上的啤酒瓶上，轻轻舔了下唇。

　　这时候，安楠喘着气跑到了，跟沈燃表达了对他请吃饭的感谢后，坐到了阮粟另一边，激动地问道："怎么样怎么样，我没来迟吧？"

　　阮粟笑了笑："没，刚合适。"

安楠见这会儿沈燃在和其他人说话，便凑到阮粟旁边，小声问道："你是怎么来的呀，你今天下午去游戏厅了吗？"

阮粟简单地给她说了一下今天下午游戏厅的事，那时候安楠正好有课，她也是偶然间去的，就没和她一起。

安楠兴奋到了极点，声音差点儿就要控制不住地从喉咙里尖叫着冲出来，她压低的嗓音都破了好几分："你说沈老板手把手教你打游戏？我的妈呀，我太羡慕你了！"

阮粟想起今天下午他贴在她身后帮她打赢了那把游戏的场景，突然觉得空气有些热，拿起面前的饮料喝了一口，小声道："可能我打得实在是太烂了，他实在看不下去了才教我的。"

安楠不可置信地撇了撇嘴。

饭吃到一半的时候，安楠手机突然响起，她跑出去接了个电话就急匆匆地走了。

几分钟后，阮粟接到安楠发来的消息。

沈燃看了过来，问道："怎么了？"

阮粟收起手机，朝他轻轻地笑了一下："我朋友她辅导员找她有事，先走了，让我跟你说一声。"

沈燃看了眼外面已经黑透了的天色，眉头不着痕迹地蹙了一下，唇角微抿。

阮粟其实也差不多吃完了，只是别人还在吃，她不好意思就这么走了。

秦显他们喝着酒，话多，吃得也就慢。

沈燃将手里的空酒杯放下，淡淡开口道："你们明天都不上课吗？"

闻言，秦显马上看了看手表，打了个酒嗝儿："怎么都九点多了，明天一大早就有老教授的课，我得先走了，你们慢慢喝。"

他一起身，其余几个男生也跟着道："对对对，我们也有课，先走了！沈哥再见！"

眨眼间，饭桌上就只剩沈燃和阮粟两个人。

阮粟被他们离开的速度给惊到了，她眨了眨眼才说："那我也走了……"

沈燃道："太晚了，我送你吧。"

另一边，走出老远后，才有男生搭着秦显的肩："你怎么回事，什么时候开始害怕老教授了？他的课你不是向来都旷的吗？"

秦显活动了一下脖子："你懂个啥，沈哥什么意思你听不明白吗？他在暗示我们该走了，他要送人家女孩子回去。"

"……"

秦显乐了："不是，合着你们没懂他的意思啊，那都跟着走什么？"

一个男生道："你一起身，我就觉得气氛不大对，那情况傻人才不走呢。"

"我们都是这样觉得的。"

一直走到校门口，阮粟和沈燃都没说话，一前一后地走着。

在老板提出要送她的时候，阮粟当时是拒绝的，可他说时间太晚了，她一个人不安全。

阮粟从小就不喜欢给别人带去麻烦，她想的是，毕竟今晚是一起吃饭，万一出了什么事老板心里肯定会有负担。送她回去，他可能会放心一些。

但这一路确实是，太尴尬了。

终于到了宿舍楼下，阮粟停下脚步，转过头看着沈燃，声音细细地道："我到了。"

沈燃停下脚步，嗓音清冷低哑："上去吧。"

"那个……"阮粟犹豫了下，还是开了口，"今天的晚饭钱我还是转给你吧，下午你都是因为教我玩游戏，而且我还叫了一个朋友来。不论怎么看，好像都是你吃亏了……"

从上次她坚持要付奶茶钱的时候起，沈燃就知道这个小姑娘很有自己的原则。他挑了挑眉，从裤子口袋里摸出手机，点开了二维码递到她面前。

楼下灯光太暗，阮粟没有仔细看，拿出手机扫了一下，但弹出的却不是付款信息，而是添加到通讯录，她愣了一下。

沈燃垂眸看了一眼，淡声道："点错了，重新扫一次？"

"不用了。"阮粟也懒得麻烦，点了添加，"我转账给你就好了。"

沈燃收起了手机："也行，你先上楼吧。"

阮粟点了点头，走了两步后，又转过来朝他挥手，笑容甜甜的："今天谢谢你，再见。"

沈燃单手插在裤兜里，看着她背着大提琴的背影，唇角勾起。

小姑娘实在是，太单纯了。

回到宿舍后，安楠还没回来，阮粟把大提琴放下，拿了换洗衣服去了浴室。

等她再出来时，拿起手机看了看，老板已经通过她的"好友申请"了。

之前老板付账的时候她大概看到一个数字，再除去今晚的人数，她把她和安楠的一起凑了个整数转了过去。

转完账后，阮粟本来想退出页面的，但她还是习惯性地点开了详细信息那一栏，设置备注。

她记得那个老板……好像是姓沈来着。

阮粟在备注那一栏，输入了"沈老板"三个字。

躺在床上，她翻来覆去地睡不着，脑海里全是今天在教室时的场景，那几十双眼睛都看着她，让她感到前所未有的无所适从。

她也不知道那是一种什么样的感觉，只是在那瞬间，她突然觉得自己好像不会拉大提琴了。

过了一会儿，阮粟从床上爬起来，取出大提琴，坐下后深深吸了一口气，拿起琴弓的时候，却感觉有千斤的重量。

每个音调都在她脑海里不停地闪过，一时变得有些杂乱起来。

阮粟摁了摁太阳穴，调整了一下呼吸，慢慢闭上眼睛，让心沉静下来，过了许久，才缓缓地拉响了第一个调。

到后面，感觉逐渐回来，阮粟也拉得越来越顺手。

就在这时，宿舍门被打开，安楠打着哈欠回来："这么晚了，还在练习呢！"

旋律戛然而止。

阮粟停顿了几秒，不知道在想什么，隔了一瞬，她放下琴弓，笑了笑："嗯，你忙完了吗？"

第4章
今夜闪耀

安楠累得往床上一躺："对啊，我都快累死了，也不知道哪里来的那么多破事，早知道就不干这个班长了。"

说着，她又撑起来了一点儿："对了，你们音乐节表演什么啊？按照往年的惯例，你们管弦系应该是一起演出就行了，不过今年有你，他们应该会让你来一首个人演奏的。"

阮粟有些愣，没有立即回答。

安楠这会儿困极了，又打了个哈欠，才慢吞吞地坐起来："我先去洗澡了，你也早点儿睡吧。"

直到浴室里传来水声，她才慢慢拉回思绪，低头看着怀里的大提琴。

阮粟发现，她好像是不能在别人面前演奏了。

距离音乐节还有一个多月的时间。

而且，这期间的专业课，以及合奏练习，她总不可能都像今天一样用不舒服为借口躲过。

阮粟闭上眼睛，整个人几乎都被不知名的情绪所笼罩，压抑又窒息。

她完全，不知道应该怎么办。

就在这时候，她手机响起，是周岚打来的。

阮粟睁开眼，缓缓吐出一口气，拿起手机接通："妈。"

下一秒，周岚不满的声音就传了过来："这都几点了，你怎么还不给我打电话？"

"我一直在练习，忘记了时间。"

闻言，周岚的语气这才有所缓和："练习再忙也不能忘记给妈妈打电话，你第一次独自生活，妈妈每天都很担心你。"

阮粟闷闷地"嗯"了声："知道了。"

"后天就周五了，你最后一节几点下课？妈妈去接你。"

"不用了，我自己能坐车回去。"

周岚皱眉："你一个女孩子背着大提琴去哪里都不方便，我都是为了你着想，你老跟我犟什么？"

阮粟起身，走到窗边，推开窗户吸了一口新鲜空气才无奈道："我们周五有合奏练习，我不知道几点才能结束。"

"那你结束的时候给妈妈打电话。"

"知道了。"

挂了电话，阮粟觉得太阳穴有些隐隐作痛，其实她没有接到周五要合奏练习的通知，她只是不想那么早回去。

凌晨两点，安楠已经熟睡了，呼吸均匀。

可阮粟却怎么都睡不着，她从四岁开始学钢琴，六岁开始学大提琴，每天从早上就开始练习，一直到深夜。手指头破皮了，出血了，结茧了，她都从来没想过要放弃。

她无法想象，有朝一日大提琴会在她手里变成一块废弃没用的木头，再也拉不出任何旋律。

阮粟抱着被子，把脑袋埋了进去。

一整天的时间，阮粟没怎么听课，基本都在看着窗外发呆。

她已经想了很久了，可依然想不出一个解决办法。

就在下课铃响起的时候，老师道："今天就先到这里吧，大家都别忘了明天下午的合奏练习，明天下午五点我在礼堂等你们。这是大家第一次在一起合作，希望你们都能有一个愉快的体验。"

阮粟倏地睁大了眼睛，满脸都写着不可思议，不是吧？

她这张乌鸦嘴！好的不灵坏的灵！

下课后，有几个女同学来找阮粟一起吃饭，她不好意思地开口："我回宿舍还有一点儿事，就不去了，你们慢慢吃。"

几个女生见她拒绝，应了一声后，有些失望地离开了。阮粟这个人看起来性格软糯随和，但防备心挺强的，也没那么好接触，说不定还是因为自傲，看不上她们。

阮粟一心只想着赶快回宿舍练习，说不定多练练可能会有所好转，完全没注意到她们的想法。

回了宿舍，安楠正好不在，阮粟拿出大提琴，开始练习。

一曲接一曲，流畅又自然。

外面的天色逐渐暗下来，伴随着轰鸣的雷声，豆大的雨点砸了下来，整个房间黑暗又潮湿。

安楠推开门，摁开了门边的开关，将撑开的伞放到了地上："你怎么不开灯啊，外面的雨真大，幸好我回来得早，不然衣服都会被打湿……"

说到一半，她才发现阮粟坐在那里，怔怔地看着她，拿着琴弓的手停在半空中，像是被人点了穴道。

安楠摸了摸后脑勺，脸上写满了歉意："不好意思啊，我打扰到你了，我小声一点，你继续，继续……"

阮粟收起琴弓，摇了摇头，声音很低："没关系，不用了。"

在安楠回来的那一刻，她尝试着继续拉下去，可脑海里的那根弦却像是绷断了，怎么都连接不起来。

阮粟将大提琴装回盒子里，整个过程安静得出奇。

安楠咳了一声："那什么，你吃饭了吗，我带了些吃的回来，一起吃点儿吧？"

阮粟朝她轻轻地笑了一下："我不饿，你吃吧。"

"行，反正我柜子里有零食，你要是等会儿饿了的话，直接拿了吃就可以。"

阮粟点了点头，戴上耳机坐在床上，正准备点开音乐的时候，却发现昨天的转账，沈老板还没有领取。

已经快要二十四个小时了，再不领就退回了。

是沈老板太忙忘记了吗？

阮粟舔了舔唇，点开了对话框，输入了几个字。

另一边，沈燃坐在收银台前，单手托着脑袋，百无聊赖地玩着打火机。

有人过来问他："沈哥，喝酒去吗？"

"不去。"他抬眼，嗓音慵懒，"你们差不多就走人，我要睡了。"

"……"对方撇了一下嘴，"这才几点啊，夜生活都还没开始呢，我奶奶都没你睡得早。"

沈燃笑了下："走开。"

对方又坐到了游戏机前，沈燃从烟盒里摸出一支烟，正要点燃，手机小幅度地振动了一下，他随意瞥了一眼，在看清楚是谁发的之后，黑眸里溢出了一丝笑。

"那个……转账快要过期了，你记得领一下。"

沈燃放下打火机，拿起手机，看了手机中的信息之后，回了句："有点儿忙，我等会儿领。"

"那你一定记得，不要忘记了。"

沈燃回复："嗯。"

阮粟收到消息后，想着他在忙，就没再回了。

过了几分钟，沈燃都没再收到小姑娘的消息，他编辑了几行字，又都一一删除了。

"沈哥，我们走了。"男生的声音响起。

沈燃抬头，挑了挑眉，那根没点燃的烟还松松垮垮地咬在唇间，导致他说话的声音有些含糊："这么早，不多玩会儿？"

"……刚不是你老说想睡觉，让我们走了的吗？"

"不困了，随便你们待到多久。"

男生道："还是算了吧，我还是回去早点睡觉，跟沈哥学学养生。"

沈燃勾了勾唇，等他们走后，他起身去把门关了，拿着手机回到房间窝在沙发里，看着对话框的同时，随手摸了个打火机把咬在唇上的烟点燃。

在轻烟薄雾里，手机屏幕黑了亮，亮了黑。

一支烟抽完后，沈燃碾灭烟头，将最后一口烟雾吐出，拿起水喝了半瓶，稍稍坐起来了一点儿，手打着字，终于把斟酌了半个小时的文字发了过去。

阮粟刚洗了澡出来，就看到沈老板给她发的消息。

"忘了告诉你，昨晚打扫卫生的时候，捡到一根手链，是你掉的吗？"

阮粟坐在床上，回道："我没有戴手链，可能是其他人的。"

"好，我知道了。"

这时候，安楠蹿过来，趴在她肩上："跟谁发消息呢？"

阮粟没什么好隐瞒的，道："游戏厅的那个沈老板，他问我是不是手链掉他那里了，我说不是。"

安楠瞪大了眼睛："沈老板？你加他微信了？！"

"对……昨天他不是请我们吃饭吗？我想着还是把钱转给他比较好。"

"啊啊啊，他朋友圈都发了什么啊，我可以看看吗？"

阮粟把手机递给她："你看吧。"

她昨天加了沈老板后，还没看过他朋友圈。

安楠接过手机的时候，手都激动得在抖："他头像竟然是一只猫，我还以为像他这么帅的，都会用自己的照片做头像呢！"

阮粟倒是没怎么注意，听她这么说仔细看了一眼。那只猫后背是黑色的，肚子和四只脚都是白色的，眼睛圆圆的，看上去特别懵懂可爱，懒懒地躺在那里，似乎刚睡醒。

安楠又点了沈燃的朋友圈，本来以为可以收获一波盛世美颜的自拍照，谁知道朋友圈里竟然连一张他自己的照片都没有。

沈燃发的内容不多，基本上都是游戏厅的宣传，而且还是转发林未冬的。

很明显可以看出来他是被迫营业的。

安楠不死心，又往下翻了翻，终于被她发现一条与众不同的消息。

她愣了愣，拍着阮粟道："咦，这是不是你在南城最后的那场巡演呢？"

阮粟看着，也怔住了。

这条朋友圈的内容很简单，一张她已经谢幕的舞台照片，一句英文单词——

【Shine Tonight】[1]

阮粟以为，他已经忘了她呢。

安楠在一旁感慨道："没想到沈老板居然去看了你的演奏会，你们真的是太有缘分了！"

下午四点半，周五的最后一节课结束。

阮粟背着大提琴，慢吞吞地往礼堂走，每走一步，都恨不得地上突然出现一个洞，她掉进去，谁也找不到她。

走到礼堂门口时，四点五十五分。

同学们基本已经到齐了，老师正站在舞台上和他们讲着什么。

阮粟转过身，靠在门旁边的墙上，望着远处的夕阳，光晕过于刺目，导致她眼睛有些睁不开，她抬手遮了遮。

伴随着夕阳一点儿一点儿落下，五点整的钟声敲响。

礼堂里，老师拍了两下手掌，道："同学们，都集合一下啊……"说着，她在人群中来回看了几眼："阮粟呢，她还没来吗？"

一个女生道："来了吧，我刚才在门口看到她了。"

老师又转过头在礼堂内看了看，还是没看到阮粟的影子，她道："这

---

① 中文"今夜闪耀"之意。

样，你们先自己练一下，我去给阮粟打个电话。"

老师一走，就有女生嘀咕道："还去打什么电话，估计人家根本瞧不上我们，压根儿就不想和我们练习呢。"

"是啊，可能是怕我们拉低了她的水准吧，跟谁稀罕似的。"

有人道："你这话说得，我倒是挺稀罕的，毕竟也不是谁都能和天才大提琴少女一起合奏的。"

礼堂里吵吵嚷嚷的。

另一边，阮粟站在楼梯口，看着老师打来的电话，咬着下唇，一时不知道该不该接。

等铃声快要结束时，她才缓缓接通，声音有些低："老师，对不起，我临时有点儿不舒服……"

"没事没事，我就是怕你出了什么事，怎么样，去医院看了吗？"

"嗯，正在去医院的路上……"

老师道："那就好，本来我应该陪你去的，可我这边实在走不开。这样吧，你到医院检查之后给我发个消息，回家以后多喝热水，好好休息。"

阮粟轻声道："谢谢老师。"

挂了电话后，她握着手机，垂下了眼睛，慢慢下楼。

这时候操场上已经没有多少人了，空旷又安静。

阮粟找了个位置坐下来，看着远处发呆。

最后一缕阳光消散在云层中，天色逐渐暗了下来。

不知道过了多久，手机振动了一下。

阮粟摸出来一看，是安楠发来的，她已经到家了。

回了消息以后，阮粟正要退出，却看到昨晚的转账退回记录。

沈老板还是没有领取。

阮粟鼓了鼓嘴，点开了他的聊天页面，本来打算再转一次的，但又想了下，今天周末，他估计更忙。

阮粟起身拍了拍裙子上的灰，背上大提琴，朝校门口走去。

第5章
只是陌生人

游戏厅里，很多放假不回家的大学生都在，人跟阮粟第一次来的时候一样多，烟雾缭绕。

阮粟走到收银台前，却没看到他。

已经六点半了，难道还在睡觉吗？

她刚转过头，身旁就传来一道带笑的声音："找沈哥啊？"

是上次一起吃饭的那个男生，秦显。

阮粟轻轻点头："他不在吗？"

秦显打开冰柜拿了一瓶水给阮粟，看了眼墙上的时间："沈哥有点儿事出去了，应该也差不多要回来了，你坐着等等吧。"

阮粟接过水，道了谢："好。"

秦显回到位置上后，就有几个男生围了过来，一边偷偷看着阮粟，一边挤眉弄眼地问："那美女是谁啊，以前没看到过，大一的吗？"

秦显喝了一口水，都没看这群求偶心切的男人，轻飘飘地说了句："沈哥媳妇儿。"

"哦。"

几人齐刷刷地回到位置上，专心打着游戏。

阮粟扫了游戏币，拿着水，放下大提琴，坐在沈老板上次教她的那台游戏机前。

她投了两个币进去，却没什么心情玩。右手托着下巴，左手有一搭没一搭地拨动着操纵杆，脑子里一团乱麻。

沈燃从外面回来，刚进游戏厅就看见小姑娘一个人无精打采地坐在那里，神色怏怏。

他停顿了片刻后，迈着长腿走近。

过了好一阵，阮粟才发现身边站了一个人，她缓缓抬头，把手放了下来："你回来了……"

沈燃靠坐在她旁边的游戏机上，微微挑眉："找我有事？"

"……啊，对。"阮粟终于回过神来，打开钱包，"转账过期了，我还是给你现金吧。"

沈燃看着她递过来的一百元，嗓音低低地道："为了这个专程跑一趟？"

阮粟小声："也不是……我正好来这里玩一会儿。"

其实是除了这里，她也不知道应该去哪里了。

开学一个星期，她认识的，就只有安楠和沈老板。

沈燃瞥了眼不知道失败了多少局的游戏，唇角勾了下："想玩其他的吗？"

"其他的？"

"嗯。"

阮粟点了点头，又把手往前递了递："钱你还没拿。"

沈燃不动声色地舔了舔唇，伸出两根手指把钱夹走。

阮粟站起身，正准备去拿大提琴的时候，却见沈燃屈指敲了敲秦显的肩头，指着大提琴的方向："放收银台去。"

秦显笑容暧昧："好的。"

看着他过来，阮粟连忙道："不用，我自己可以……"

"没事没事，我来就行，不会给你弄坏的。"秦显说着，直接把大提琴抱了起来，朝收银台走去。

沈燃的声音从身旁传来："放心，不会弄丢的。"

"弄丢了也没关系的……"

小姑娘声音很小，沈燃没听清楚，习惯性地偏过头，问道：

"什么？"

阮粟抬眼见到的就是男人近在咫尺的俊脸，他睫毛很长，黑眸安静而明亮，鼻子直挺，再往下……

阮粟莫名地就想起他抽烟的时候，将烟松松垮垮咬在唇间的画面。

她摇了摇头："没什么。"

几乎是在过去的每一天里，大提琴都是唯一陪在她身边的东西，可在刚才的那一瞬间，她竟然想让它消失。

好像只要它消失了，她所有的压力、恐慌、不安也都会跟着不见。

但明明，不是这样的。

沈燃垂眸看了她几秒，薄唇微抿，缓缓出声道："跟我来。"

阮粟跟着他，走到了娃娃机前。

她重新抬头看向沈燃："玩这个吗？"

沈燃轻笑了下，单手拨了拨操纵杆："喜欢哪个？"

阮粟看了看，上次没抓到的那只粉红色的小兔子还在，她伸手指了指："那个。"说着，又顿了顿："不过，好像很难抓，我上次花了三十个币，也没抓出来。"

沈燃扫了眼她指的位置，微微俯身，确定了一次："这个吗？"

"对……就这个。"

见沈燃直立起身，阮粟刚想把游戏币递过去，就见他从裤子口袋里摸出一串钥匙，麻利地打开了娃娃机的门，从里面拿出了她指的那只粉红色兔子递到她面前："抓出来了。"

阮粟下意识地睁大了眼睛，还有这种操作？

她以为，沈老板可能会教她一些抓娃娃的技巧和经验，可谁知道，竟然这么简单粗暴……

沈燃见她一副懵了的样子，黑眸笑意更深，把小兔子放到她怀里，嗓音低沉而有磁性："还有喜欢的吗？"

"没……没了。"

沈燃关上门，落了锁："这里面太吵了，去外面坐坐？"

游戏厅外面是一条小巷子，打扫得很干净，但几乎很少有人来往。

已经有一丝夜色浸透了晚霞，开始弥漫开来，整个天空都是烟灰朦胧的。

阮粟在那里独自坐了一会儿后，沈燃拿着两瓶水走了过来，在她旁边坐下，拧开一瓶递给她。

"谢谢……"

沈燃喝了一口水，缓声道："今天周五，不回家？"

阮粟低着头，声音闷闷地说："不想回去。"

她还没想好应该怎么面对她妈妈，也还没想好应该怎么说她现在的情况。

"时间挺晚了，你父母会担心的。"

阮粟握着水的手紧了紧，转过头看他："我们之前见过。"

沈燃抬眉："你第三次来了。"

"在这之前……我在后台问你要烟，你还记得吗？"

"记得。"

听到他的回答后，阮粟垂下眼睛："你是不是觉得……我很奇怪。"

沈燃道："为什么会这么想？"

阮粟停顿了两秒后，才轻轻出声："我从小就被我妈妈管得很严，除了跟大提琴相关的事她都不允许我做，不管我去哪里，她几乎都会跟着我，我没有一点儿自由。其实她让我做的很多事我都不喜欢，不喜欢成天待在家里练习，也不喜欢随时保持自己的形象，更不喜欢成为一个被所有人喜欢的人。"

沈燃坐在那里，听着每一句。

"我喜欢躺在床上看电视，喜欢吃零食，喜欢和朋友一起玩，我喜欢一切我妈妈不让我做的事。那天在后台，我找你要烟的时候，也是抱了这样的想法。但我也抱了希望，希望烟能让我放松下来，恢复以前的状态，完成那场演奏。"

说到这里，阮粟声音涩了几分："可我还是失败了，我没能成功结束那场演奏会，我拉错了一个调。在我妈妈眼里，即便是半个调我都不能出错，一旦有了失误，我整个演艺生涯就完了。一开始，我不明白为什么她对我的要求那么高，也很难接受她的想法。"

"直到现在，我发现自己再也不能正常地在别人面前演奏，我才知道，她说的话是对的。"

阮粟没想到，困扰她这么多天的东西，竟然会这么轻松说出来了。

在这之前，她完全不知道该给谁说，因为害怕，因为胆怯，因为孤独。

但沈燃好像不同，从她在后台问他要烟的时候开始，她就已经把自己最难堪的一面暴露在他面前了。

又或者对于她来说，沈燃和她是两个不同世界的人，他不会带给她压力，也不会因为她无法在别人面前演奏而责备她，嘲笑她，同情她，更加不会因此对她感到失望。

因为，他们就只是一个加了微信的陌生人而已。

所以她才能这么放心地和他倾诉。

站在学校门口，看着过往的车辆，阮粟视线没有焦距地看着前方，脑海里回荡着离开之前沈老板说的那句话。

他的嗓音在夜色里显得很清淡平静，却又低沉悦耳："如果你愿意的话，我可以做你的听众。不点评，不出声，只是安静地坐在台下。"

阮粟还是没做好准备，也不相信自己，所以她没有立即答应。

"西米。"一辆白色轿车停在她面前，周岚打开车门走了过来，"等很久了吗？今天的合奏练习怎么样？"

阮粟垂着脑袋，声音很小："就那样。"

周岚接下她背上的大提琴，轻轻拍了拍她的肩膀："这是你第一次和那么多人合奏，肯定是有些不习惯，不过多练习两次就好了。怎么样，这个星期在学校待得如何，是不是还是觉得家里要更舒服一些？"

"学校挺好的。"阮粟回了几个字后，不想再说话，钻进了车里。

周岚叹了一口气，把大提琴放在后座，走到了驾驶座的位置，她一边系着安全带一边道："对了西米，妈妈有个朋友下个星期有个慈善音乐会，想邀请你过去当嘉宾，妈妈已经替你答应了，你这几天多练习一下，就别出去了。"

阮粟皱眉："我不想去。"

"这个慈善音乐会到时候会来很多音乐家，人家不论经验阅历还是个人成就都比你厉害多了，你去了多跟他们聊聊天，对你有好处。"周岚又道，"这件事就这么定了，好好练习，如果这次音乐会你还是出了差错的话，就给我回家住。"

阮粟紧紧抿着唇，觉得整个车内的空气都是烦躁沉闷的，她降下车窗，凉风吹了进来。

周岚转过头看了一眼，又把车窗升了上去："西米，你别那样吹，容易感冒。"

阮粟盯着被关上的车窗，闭了闭眼，深深呼吸了一下，拿出手机戴上耳塞，将音量调到最大。

阮粟回到房间，将大提琴放下，窝在了沙发里，放空了一会儿，她稍稍坐起来一点儿，随手拿了旁边的星星抱枕塞在怀里，打开了手机。

她抱着膝盖，看着沈燃的聊天页面想了很久，最难的那一步她都已经跨出去了，剩下的又算得了什么呢？

而且她总不能一直这样没办法在有人的地方演奏，总要想办法解决的。

现在能帮她的，就只有沈老板了。

下定决心后，阮粟舔了下唇，给他发了一条消息："在忙吗？"

发完后，阮粟想着这会儿游戏厅人正多，他肯定很忙，便放下手机，准备先去洗个澡。

谁知她刚起身，手机就振动了一下。

"不忙，考虑好了吗？"

阮粟重新捡起手机，看到他回复的文字后，嘴角稍稍扬起。

其实她还在想应该怎么开这个口，也不知道该怎么提起会更加妥当一些。

他直接，帮她把这个过程省略了。

阮粟道："嗯，谢谢你。"

包间里，林未冬正喝在兴头上，一转过头却没看到沈燃，他打着酒嗝问道："沈哥呢，说好的不醉不归，怎么才开头就跑了？"

秦显抬头道："我刚才看到他在回消息，估计嫌我们吵，出去了吧。"

林未冬啧了声："他那手机都十天半个月不带响一回的，谁给他发消息啊。"

"瞧不起人了不是，沈哥恋爱都谈了，怎么可能没消息？"

林未冬嘴里的酒差点儿喷出来，以为自己耳朵出毛病了："啥玩意儿？"

秦显旁边的另一个男生道："沈哥谈恋爱了啊，那女孩来游戏厅几次了，上次我们一起吃饭的时候沈哥还带着她呢，长得挺漂亮的。"

"……"他才离开了几天，怎么感觉和这个世界脱节了呢？

他们说了没几句，沈燃就回来了，林未冬凑了过来，用手肘碰了碰他，一脸渴望八卦的表情说："听说你恋爱了？"

沈燃转着酒杯，闻言停顿了一下，淡淡地回道："没有。"

林未冬松了一口气："幸好幸好，你要知道，这么多年我心里唯一的安慰就是有你陪着我一起打光棍儿，要是连你都离我而去的话，那我就真的太惨了。"

沈燃笑了下："滚。"

林未冬扔了颗葡萄在嘴里，正经了点儿："这次我去江城看到蒋文舟了，他在那边带队参加比赛。"

沈燃嘴角的笑意逐渐消失，连带着黑眸都是冰冷的，他仰头把手里的酒喝下，嗓音更加冷淡："打招呼了吗？"

"没呢，他是大忙人，威风得不行，说不定早就把我忘了。"林未冬看向沈燃，沉默了一下道，"你要是想复出的话，年底的冬季赛是最好的机会……"

不等他说完，沈燃直接打断他，嗓音清清冷冷："不想。"

"咦，你不要这么快否决我，聊聊嘛。"

沈燃放下酒杯，靠在沙发里，五官隐匿在昏暗的光线中，看不出丝毫情绪。

角落里如同被一层浓郁的阴影笼罩，什么光都照不进来。

林未冬心里有些犯嘀咕，早知道就先不提这件事，到时候直接偷偷把沈燃的名字报上去，就算他不复出，光是名字出现在名单上，都够蒋文舟几天睡不着了。

过了一会儿，沈燃重新抬眼，点了一支烟咬在唇间，语调慵懒散漫："喝你的酒。"

周日，中午刚吃了饭，阮粟就回房间收拾了东西背上大提琴下楼。

周岚看向她："西米，现在时间还早，晚点儿妈妈送你。"

"不用了，我……下午还有合奏练习，要早点儿去。"

阮粟刚走到门口，周岚就过来，摸了摸她的头发："那你路上小心一点儿，到学校以后给妈妈打个电话。"

"知道了。"

"西米。"周岚又叫住她，"慈善音乐会是在下周六，你记住妈妈跟你说的话，提前做好准备，到时候千万不能出问题。"

阮粟眼神黯了几分，微微垂下脑袋："嗯。"

出了小区后，阮粟看着阴绵的小雨，有些出神。

一个星期的时间，她能做到吗？

良久，阮粟呼了一口气，摸出手机打车，定位的是游戏厅的地址。

第6章
他的眸子

阮粟到的时候，刚好是下午两点。

她看了一眼墙上的时间，找了个人少的地方坐着。坐下没一会儿，肩膀就被人拍了拍，秦显道："沈哥在睡午觉，要我帮你去叫他吗？"

阮粟笑了笑："不用了，我在这里等他就可以了。"

"那行，有什么事你叫我。"

"谢谢。"

等秦显走后，阮粟呼了一口气，刚拿出耳机准备戴上，就看见一道挺拔清隽的身影走了过来。

沈燃站在她面前，鼻音有些重："等很久了吗？"

阮粟摇头，收起耳机："你不是在睡午觉吗……是不是我打扰你了？"

他们之前约的是今天下午，她不想在家里待着，就提前过来了，本来说等到他睡醒的……

"没，反正也睡不着。"沈燃拿起她放在旁边的大提琴，嗓音低哑，"走吧。"

阮粟接过大提琴背着，小声问道："你感冒了吗？"

"有点儿。"

"那要不……换一天吧？你好好休息。"

沈燃轻笑了声，微微垂眸，小姑娘皮肤冷白细腻，头发有些被雨水打湿了，半干半湿地贴在耳后，露出小小的耳垂。

他语调缓缓地道："不碍事，小感冒而已。"

阮粟抬眼，和他对视了几秒后，又快速移开："那……走吧。"

沈燃发现，小姑娘的耳垂，好像有些红了。他眉梢微挑，薄唇微勾，收回视线迈着长腿往前。

阮粟看着男人背影，眨了一下眼，才慢慢收回思绪。

男人沉黑安静明亮带笑的眸子，仿佛深深刻在了她脑子里。

不知道为什么，阮粟觉得空气有些燥热沉闷。

应该是下雨的缘故吧。

她用手在脸前扇了扇风，快步跟了上去。

沈燃站在门口，单手插在裤兜里，撑了一把长柄黑伞，雨幕中，他的身形挺拔笔直。

阮粟脚步停顿了一下，在这之前，她见到的沈燃大多都是慵懒随性的，而此时，却多了几分清冷孤傲。

她突然有种莫名其妙的感觉，好像，他本该是这样的。

距离游戏厅旁边两三百米的位置，有一个老式的二层居民楼，楼道里的感应灯年久失修，发出再大的动静也不会亮。

光线从转角的建筑纹理的缝隙中透了进来，明明暗暗，照得始终不是那么真切。

阮粟走在沈燃身后，偏头看着墙上的涂鸦，眼睛里写满了好奇。

沈燃从二楼阳台的花盆下摸出一把钥匙，开了门，低低开口："这里之前是一间绘画教室，后来老板搬走就空了下来。你以后可以随时来练习，不会有人打扰。"

不同于楼道里昏暗的光线，这间教室正对着外界，明亮又宽阔。

本该落满了灰尘的教室，却干净得出奇。

一看就是有人提前来打扫过了。

阮粟点了点头，声音轻轻地道："谢谢。"

沈燃挑眉："客气。"

阮粟呼了一口气，慢慢走到教室中央。

她坐在椅子上，摆好大提琴，拿着琴弓的手握紧又放松，放松又握紧，却始终无法拉下一个调。

很快，便过去了十分钟。

阮粟闭了闭眼，放下琴弓，微微偏过了脑袋。

男人单手插在裤兜里，安静地伫立在窗边，神情淡淡。

阮粟注意到，他左边的短袖，打湿了一大半。

似乎是察觉到她的视线，沈燃略略抬眼，对上她的目光，眸色有些深："我在这里，你还是很有压力吗？"

阮粟抿了抿唇，摇了一下头："我出去买点儿东西，你等我一下。"

说完，不等沈燃回答，放下大提琴就起身离开。

沈燃笑了笑，从裤子口袋里摸出烟盒，敲了支烟出来咬在薄唇上。点燃后，他视线放在大提琴上，缓缓吐了一口烟雾。

沈燃推开窗，将烟散了出去。

外面的雨越下越大，整个城市仿佛都被雾气所笼罩，隐约不清。

他比任何人都清楚，要克服心理障碍有多难。

南城已经很久没有这样下过雨了。

过了十多分钟，身后传来脚步声，沈燃微微站直，碾灭了手里的烟。

转过头时，身形微顿。

小姑娘似乎是跑过来的，脸颊泛红，轻轻喘着气，她左右的袋子里装的是几盒感冒药，右手端了一个水杯，里面的水还冒着热气。

阮粟把东西放在他身后的窗台上，一边拆着感冒冲剂，一边道："你本来就有一点感冒，又淋了雨，再不吃药的话晚上会更严重。"

说话间，她已经兑好了感冒冲剂，又拆了两颗阿莫西林递到他面前，眼睛明亮清澈，声音软糯："水温刚好合适，你快喝了吧。"

沈燃低头，看着躺在她掌心里的药丸，黑眸里情绪不明。

阮粟安静地等着，就像是第一次见面，他递给她烟时一般。

过了几秒，沈燃接过她手里的水杯。

在他拿药丸时，手指碰到她的掌心，出乎意料的烫，阮粟指尖不着痕迹地颤了一下，快速收回。

吃完药，沈燃将水杯放在一旁，黑眸凝着她，嗓音低哑而有磁性："沈燃，燃烧的燃。"

阮粟怔了一下，才反应过来他是在说他的名字，她扬起唇，笑容甜甜的："我叫阮粟，上面一个西下面一个米的粟，他们都叫我西米，你也可以这么叫我。"

沈燃嘴角勾起，缓声问她："还要再练习吗？"

阮粟看着教室中间的大提琴，垂下眸子，睫毛投下一片阴影，遮住了眼底的落寞。

"慢慢来，别着急。"沈燃瞥了眼外面倾盆的大雨，"要去游戏厅玩会儿？"

林未冬一进游戏厅，就看见沈燃坐在一台游戏机前，单手支着脑袋，时不时和身旁的女孩说着什么，眼神是他从来没见过的温柔。

他猛地打了个寒战，全身上下的毛孔都竖了起来，这是见鬼了哦！

林未冬认识沈燃的时候，他还是STG的队长，年少成名，意气风发，是整个电竞圈的神话。古往今来，天之骄子有很多很自负的，尤其像沈燃这样得天独厚，能从劣势中杀出一条血路的电竞选手。

几乎没有什么人能左右他的想法和决定。

当时队里也有人不满他的行事风格，但无论他们再怎么不满，沈燃都能用实力让他们只能在背地里张狂。

而现在，这个以前眼睛长到头上去，嚣张肆意，冷傲不羁的混世魔王，居然在这里耐心满满地教女孩子打"拳皇"？

难道是他当了几年游戏厅老板之后，突然幡然醒悟，意识到了自己肩负的责任？

此时此刻，林未冬想当场自戳双目。

林未冬无助地稳稳自己，回到了收银台。坐了一会儿后，他伸长脖子看了看沈燃，趁他没注意到他这边的时候，他打开电脑，开始搜索KOT冬季赛的相关信息。

不出所料，AG①还是今年的大热战队，单人榜单第一也仍然是蒋文舟。

林未冬算了算，距离冬季赛开始还有三个月的时间，他不知道沈燃现在的状态如何，但如果从现在开始练的话，到时候蒋文舟的第一肯定保不住。

只是……沈燃那家伙现在忙着谈恋爱去了，难怪不想复出，一点儿上进心都没有。

林未冬叹了一口气，关了电脑，也不知道他操这些老妈子的心做什么。

他打开音箱，播放了一首单身情歌。

送给自己。

快乐都是别人的。

等他从忧郁中逐渐回过神来，抬头一看，得，沈燃不知道什么时候已经不在游戏厅了，那个女孩儿也不在了。

阮粟背着大提琴，东西又多，没办法撑伞，所以当沈燃说送她的时候，她点了点头，答应了。

阮粟其实从小到大都没什么朋友，除了每天都忙着练习的原因以外，她自我保护的意识也很强。

她不是一个主动的人，但如果有人对她好的话，她就会敞开心扉，接受、回应这份感情。

那天在她对沈燃说出那些话的时候，是真正把他当陌生人的，可也正是因为那些话和他说了，就不自觉地把他划分到了朋友那一栏里。

----

① 一支电竞战队的名字。

而且，还是可以说心事的朋友。

现在还是交换了名字的朋友。

雨淅淅沥沥地下着，阮粟安静地走在沈燃身边，手臂偶尔会碰到他的。

阮粟觉得之前压下去的那股燥热又升了上来，她缩了一下肩膀，刚想往旁边走一点儿，一辆汽车便从她身侧飞驰而过。

等阮粟反应过来的时候，她已经站到了里侧，手腕被男人修长的手指握住。她几乎站在他怀里，男人身体的温度透过薄薄的衣服，侵入她的呼吸。

沈燃声音很低："小心点儿。"

阮粟望着他怔了下，轻轻眨眼："谢谢……"

沈燃唇角微抿，眉梢微扬："明天下午几点下课？"

"三点。"阮粟说完后，想着那时候他应该还在睡觉，正想要说晚点儿再过去。

沈燃道："三点半我在教室等你？"

"你不用睡午觉吗？"

"最近不睡。"

阮粟鼓着嘴，轻轻点头。

沈燃脚步停住，看着她身后的宿舍楼："到了，上去吧。"

阮粟往后看了一眼，又转过头来，声音软软的，但是语气很认真："你回去之后一定要再吃一颗药，感冒才会好得快。"

沈燃凝望着面前的小姑娘，音调温和缓慢："好。"

回到宿舍，阮粟把大提琴一放，躺在了床上，用被子蒙住头，想起离开前男人唇畔的笑意，觉得有些懊恼。

她真的很感谢他，但却不知道该用什么方式来表达，只能说了这些听起来毫无营养又略显累赘的话。

沈燃一定觉得她很啰唆，很老套。

阮粟轻轻捶了捶枕头，在床上扑腾了两下。

这时候，门被打开，安楠提着大包小包东西进来，见她睡在床上："西米，你回来了啊，这么大的雨，我还以为你要晚点儿呢。我带了很多吃的，你要吃点儿吗？"

阮粟掀开被子，露出一个头来，声音有些闷："我还不饿。"

她话刚说完，安楠的脑袋就出现在她床边，笑眯眯地说："怎么了，心情不好啊？"

阮粟停顿了一瞬，整个下午，甚至是周末，她几乎都被压抑得快要窒息，完全喘不过气来，可不知道是从什么时候开始，那股包围着她的压抑感竟然被她忘记了。

或许是从沈燃教她打游戏开始，或许是沈燃送她回宿舍的路上，或许是她因为说了那番话而独自懊恼的现在。

见她不说话，安楠伸手摸了摸她的头发："乖啦，你就是给自己的压力太大了，适当地放松一些嘛，我们明天还去游戏厅玩啊。我本来说今天去的，可是这雨下个不停，只能明天了。"

"我……"阮粟张了张嘴，却不知道该怎么说下去，"阿楠，我现在……"

"等等啊。"

阮粟话说到一半，安楠电话响了，她跳下椅子去接电话："妈，我到学校了，嗯，拜拜。"挂了电话后，安楠又道："西米，你刚才要说什么来着？"

阮粟笑了笑，摇头："没什么。"

一旦将沈燃在帮她练习的事说出来，那她有演出障碍的事也瞒不住了。

她真的，开不了口。

一整晚雨都不停地下着，到了后半夜，开始电闪雷鸣，阮粟将自己缩成一团，把脑袋埋进了被子里。

快要睡着时，男人沉黑的眸子在脑海里越来越清晰。

那双眼睛明明是那么明亮耀眼，却安静得没有丝毫波澜。

阮粟翻了个身，将那只从游戏厅带回家，又从家里带回学校的粉红色兔子紧紧抱在了怀里。

游戏厅里，等人都走完了之后，林未冬打着哈欠凑过来："沈哥，外面下那么大雨，我今晚不想回去了，在你这儿凑合一宿。"

沈燃正在兑感冒冲剂，没理他。

林未冬看着他旁边的感冒药，嘴角抽了抽。沈燃以前生病从来不吃药，隔个几天就好了。毕竟年轻，身强体壮。

他道："沈老板，我发觉你最近挺修身养性的啊，年纪大了，身体不行了？"

沈燃拆了两颗阿莫西林放进嘴里，嗓音沙哑含糊："你懂个啥！"

"……"

看着他把那杯感冒冲剂喝完，林未冬莫名地感觉到了一股恋爱的酸臭味。

"你老实告诉我，你是不是真谈恋爱了？"

第7章
有点儿甜的影子

第二天下午，阮粟到教室的时候，沈燃已经在那里等着了。

她走过去，轻声问道："你感冒好些了吗？"

沈燃闻言微微挑眉，嗓音低沉，还有些沙哑："好多了。"

阮粟点了点头，转身走到椅子边坐下。她慢慢取出大提琴，手拿着琴弓，视线凝望着色彩斑驳的墙面，思绪慢慢沉静下来。

时间一分一秒地过去，窗外的阳光西斜，逐渐拉长了余晖。婆娑的树枝被微风轻轻吹动着，映照出斑驳的影子，透过窗户落进了教室，摇摇曳曳地晃动着。

沈燃靠在墙壁上，静静看着在那里坐了许久的小姑娘，黑眸深暗。

过了不知道多久，西下的一缕阳光落在她侧脸上，照亮了她琥珀色的瞳孔，泛出柔和明媚的光芒。她的皮肤很细腻，几乎看不出来什么毛孔。

再往下，小姑娘的唇瓣粉嫩又柔软……

沈燃喉间一紧，倏地收回目光，稍稍站直了几分，下意识想去摸烟，手伸向空空的裤兜才想起小姑娘闻不得烟味，他出来时根本没带。

下一秒，小姑娘有些无奈沮丧的声音传来："还是不行。"

沈燃低头看了眼腕表，快六点了。

他缓声道："要出去走走吗？"

阮粟放下琴弓，点头。

这时候大多数学生都已经下课了，小吃街正热闹，各种各样食物的香气弥漫了整条街。

阮粟走在沈燃旁边，垂着头："这两天谢谢你，我一点儿进步都没有……"

她想说，要不还是算了吧。

事情已经到了这个地步，她所有的努力好像都是徒劳的。

是她不知道在什么时候开始对大提琴产生了厌倦，也是她没有控制好自己的情绪，才让状态一点点地变差的。

如果她早点儿能察觉，如果在最后那场巡演上，她能再专注一些，再认真一些，把那个调拉好，那么现在的一切都不会发生。

是她先有了逃跑的想法。

所以，大提琴也抛弃了她。

沈燃侧眸看她，脚步微顿，嗓音很低："着急回学校吗？不着急的话，我带你去个地方。"

阮粟道："不着急。"

阮粟没想到的是，沈老板带她来的地方竟然是电玩城。

站在门口，沈燃道："在这里等我一下。"

阮粟点了点头，左右环顾着。

两分钟后，沈燃拿着游戏币回来："走吧。"

阮粟跟在他身侧，有些不解："我们为什么要来这里啊，在游戏厅不是一样的吗？"

沈燃低声解释道："这里的很多设备游戏厅都没有，环境也会好一些。"

商场里的电玩城是禁烟的。

沈燃带着她在投篮机前停下，投了币，递了一个篮球给她，微微偏头："试试？"

"我不太会……"

沈燃勾了一下唇，黑眸看着前方的篮筐，手腕轻轻扬起，将手里的篮球抛了出去，给她示范了一遍。

正中篮筐。

阮粟刚拿起一个篮球，就听到男人低沉、富有磁性而又略带沙哑的声音传来："眼睛看着前面，手腕发力，先投一个找找感觉。"

阮粟把手里的球抛了出去，不出意料地跑偏了。

她投了几个，都没中。

阮粟吐了一口郁气，正打算放弃的时候，右手手腕却被男人轻轻握住。

他站在她身后，气息温热。

阮粟拿篮球的手一顿，下意识垂眸。他的手指修长有力。

她学音乐这么多年，见过无数双好看的手，但很少有像他一样，那么骨节分明。

沈燃视线也落在她手腕上，手指动了一下，慢慢收回。

他声音很低，就在她耳边响起："手腕往上抬一点儿，别着急，慢慢来。"

阮粟感觉被他握过的地方有些烫，她愣了几秒后，才回神一般地应了一声："好……"

她挺直脊背，比之前认真了不少，聚拢精神，没有再那么随便地抛，而是看准了篮筐再扔出去。

这一下，篮球在篮筐边缘撞了几下，投入。

阮粟见状瞬间扬起了笑容，转过头看着沈燃，眼睛明亮："进了哦！"

沈燃唇角勾了勾，嗓音含笑："很棒。"

被他这么一夸，阮粟脸不好意思地红了，就像是之前打游戏一样，她打到烂得自己都看不下去了，他却还是鼓励她。

嗯……他真的很好。

投进一个之后，阮粟有了不少信心，也找到了手感和技巧，她拿着剩下的篮球接着投。

每中一个，她脸上的笑容就更加明媚。

等到一局结束，阮粟感觉自己的心情轻松了不少。

沈燃买了水拧开递给她："感觉怎么样？"

阮粟轻轻点头，微微喘着气，她感觉所有的压力都被发泄了出来，心情好了许多。

她喝了一口水，看着篮筐，慢慢地道："大提琴是我最喜欢的东西，但给我带来最大压力的，也是它。"

其实好像放弃就只是一瞬间的事，但她又不甘心。

坚持了这么多年的东西，仿佛已经融入她的骨髓血脉之中，扎了根，发了芽。

如今却要拔出来，像是剔骨一样疼。

沈燃投了游戏币，低声道："有些人喜欢打篮球，是因为享受投篮成功的那瞬间。把手里的球抛出去，你就会发现，其实投篮好像也没有那么难。"

说话间，他拿起一个篮球投了出去："喜欢的东西就像是篮球一样，不一定要紧紧握在手里，当抛出去的那一刻，你才能发现它的魅力和价值。"

篮球正中球筐，十分。

阮粟张了张嘴，想说什么，话到嘴边，却不知道应该怎么开口。

是啊，大提琴带给她的从来都只是梦想和未来，什么时候开始成了压力呢？

可能沈燃说得对，是她自己握得太紧了，太过在乎了，才会形成现在这样的状态。

一直以来，她都太过在意别人的看法。

她应该松手，抛出去。

阮粟看向沈燃，朝他灿烂一笑："我知道了，谢谢你。"

沈燃把手里的球递给她："还想再投吗？"

阮粟点头，接过球，稳稳地投了出去。

沈燃靠在旁边的玻璃窗上，神情安静。

灯光下，小姑娘的眼睛格外明亮，和以往的任何一次都不同，是带着希望和色彩的。

他单手插在裤兜里，侧眸看着她，薄唇逐渐勾起，黑眸温柔。

之后的几天里，阮粟每天还是会去教室，没有刻意地再去拉大提琴，偶尔和沈燃聊聊天，去游戏厅坐一会儿。

很奇怪，待在那个明明很吵的地方，她却感觉心越来越宁静。

那些曾经在她心底深处，卷起惊涛骇浪的东西，仿佛已经慢慢平息了下来。

她也不会整夜整夜地睡不着，看到大提琴时，也没有像之前那样，感觉到漫无边际的痛苦和茫然无措。

她仿佛在一片迷雾之中，看到了一丝光亮，一丝能带领她走出这片浓郁迷雾的光。

安楠快要走到宿舍楼下的时候，刚好看到了阮粟，她喝着奶茶，正打算跑过去，却看见她旁边还站了一个男人。

路灯下，阮粟的影子被无限拉长，她微微仰着头，不知道在和男人说着什么，眼睛弯弯的，眸子水润透亮。

而她面前，男人身形挺拔笔直，眉眼清冷却温柔，会在有人路过他们身边时，微微侧身，将她挡在里面。

整个动作细微又自然，如果不是刻意去看，根本察觉不出来。

安楠瞪大了眼睛，咬扁了吸管，啊啊啊！！！她看到了爱情的样子！！！

过了一分钟，阮粟朝男人挥了挥手，转身进了宿舍楼，

男人看着她的背影，直到她的身影消失了之后，才收回目光，离开。

等沈燃一走，安楠飞奔着跑回了宿舍。

阮粟刚放下大提琴，宿舍门就被推开，安楠脸上洋溢着喜悦，激动地问道："西米，你和沈老板在谈恋爱吗？"

阮粟没怎么反应过来，神情有些茫然，缓缓地出声："啊？"

"我刚才在楼下看到他送你回来了，你们是不是约会去了啊？难怪我今天去游戏厅他不在。"

阮粟总算明白过来她的意思，知道她是误会了，耳朵红了红，连忙摆手："不是你想的那样，他只是送我回来而已，没有……谈恋爱。"

阮粟说完后，看着安楠"我知道你只是脸皮薄不好意思承认"的暧昧笑容，张了张嘴，知道不把事情说清楚的话就解释不通了。

她呼了一口气，声音很轻："阿楠，沈老板他最近是在陪我练习。"

安楠不怎么明白："练习？什么练习？"

阮粟看向窗外，慢慢开口。

从最后那场巡演，说到了今天下午。

说的时候，她感觉很平静很轻松，再也没有以前积压在心里的挣扎与犹豫。

虽然只是寥寥的几句，安楠已经听得目瞪口呆，好半天才回过神来："你的意思是，你现在不能当着别人的面演奏？一有人在面前，你就会紧张难受，连一个调子都拉不出来？"

阮粟点头："对。"

安楠愣了几秒，还是觉得有些不可思议。

谁能想到，天才大提琴少女，有一天再也无法用大提琴演奏。

阮粟家是音乐世家，她从小就开始学大提琴，现在获得的成绩是很多人一辈子都得不到的。

可她如今，竟然却被大提琴给束缚住了，再也不能往前。

沈燃从浴室出来，随手撩了撩湿润的头发，拿起手机看了眼，两分钟前，小姑娘给他发了一条短信。

"我明天下课后就回家了，下周见。"

沈燃坐在沙发里，点了支烟咬着，打字回道："有人来接你吗？"

很快，小姑娘便回道："没，我自己坐地铁回去。"

沈燃取下烟，掸了掸烟灰，盯着屏幕上的那行字舔了下薄唇。

另一边，过了一分钟，阮粟都没再收到回复，她本来就红的脸顿时更红，把手机放下后，拿起水大口喝着。

尽管如此，也不能将心底的燥热降低半分。

刚才结束了关于她演出障碍的对话后，安楠不知道怎么又扯回了沈燃身上，非说他喜欢她。

还说如果她不信的话，就来做个测试。

安楠接完了辅导员的电话，一脸兴奋地走过来："怎么样怎么样，他说什么了？"

阮粟红着脸，声音细细地道："他没回我了。"

"没回你？"安楠想了一下，肯定地说，"沈老板应该是在忙，再等等吧！"

阮粟下意识地抓过粉色兔子抱在怀里，鼓了鼓嘴："我都说了不是的，你真的误会了。"

安楠坐在她旁边，语重心长地说："傻姑娘，你信我的，当局者迷，旁观者清，沈老板看你那眼神，温柔得都快滴出水来了，还每天陪你练习，送你回宿舍，要是说他不喜欢你，打死我都不信！"

"他一直都挺好的……"

从第一次见面到现在，沈燃给她的感觉一直都是，温和，体贴，还有绅士风度。

而且从沈燃和那些男生的相处来看，也能知道他是个性格不错，挺好说话的人。

根据这段时间的接触，她想着沈燃肯定也是把她当朋友了，至于安楠说的那些，她完全没有想过。

安楠知道阮粟从小朋友不多，男生就更不用说了，她对于男女之间的关系认识得比较模糊，也没有谈过恋爱，所以完全不清楚这些东西。

可能在她的世界里，就是很单纯地把沈老板对她的好，认为是朋友之间的好。

安楠正想给她深刻分析一下的时候，阮粟手机响了一下，是沈燃发的，只有五个字。

"好，路上小心。"

安楠瞥了一眼，意味深长地开口："要不我们来打个赌吧。"

阮粟本来还在看消息，闻言一愣，下意识地回道："什么？"

"你明天去坐地铁，如果遇到沈老板的话，那就说明他肯定喜欢你，如果没遇到的话，你就当我今晚都是胡说。"

阮粟怔了怔，一时竟然不知道该怎么回答。

晚上睡觉的时候，阮粟躺在床上，翻来覆去地睡不着，脑海里全是安楠说的那些话。

心底里好像有个很小的声音在问她，她是希望在地铁站看到沈燃，还是不希望。

阮粟觉得自己的心跳前所未有地快，还有一种很奇怪的，说不上来的感觉。

心里好像是被什么东西填满了，暗暗地发芽，却又小心翼翼地观望着，好奇着，期待着。

第8章
自作多情

已经是九月中旬，下午四五点的太阳早已不像是七八月那样炎热，偶尔会有一阵清风拂过，带着阵阵花香。

地铁站外面，人来人往，每一个都是陌生的面孔。

阮粟背着大提琴站在角落，避开了人群，一会儿抬头踮起脚尖四处看着，一会儿垂着脑袋，不知道在想什么。

她在这里，已经等了半个小时了。

从游戏厅到学校，最多只要二十分钟的路程。

又过了十分钟，阮粟再次抬头，看着前方，淡淡笑了笑，唇角的弧度很浅。

她就说吧……

沈燃不可能喜欢她的。

尽管知道肯定会是这个答案，可她昨晚还是忐忑了一晚上。

她现在的心情，也说不上来是轻松，还是失落。

阮粟呼了一口气，转身进了地铁站。

回到家后，周岚正在和人打电话，脸上笑意盈盈，似乎是交谈得很愉快。

看见阮粟要上楼，她做了一个手势让她坐在沙发上等一下，这才拿着电话继续道："你放心，我已经和小粟说好了，明天的演出不会有问题的，我们一定准时到。她刚才已经从学校回家了……对对对，柯蒂斯音乐学院那边已经谈得差不多了，明年直接过去就行。"

阮粟坐在沙发上，听着这些话，放在膝上的手不自觉地收紧，唇微微抿着。

周岚又和那边说了几句后，这才挂了电话，笑着看向阮粟："西米，今晚想吃什么？妈妈给你做，张阿姨家里有事，回去了。"

"我不饿。"

"怎么能不饿呢？"周岚在她旁边坐下，皱了皱眉，"你看看你，住了半个月的校，脸都瘦了一大圈。妈妈去给你做点儿好吃的，你吃了就去练习，早点儿休息，争取明天以最好的状态出现。"

说完后，周岚就起身往厨房走。

阮粟看着她的背影，咬了咬唇，犹豫了片刻后，终于下定决心走了过去："妈，我有事跟你说。"

周岚正在接水："还是觉得学校住得不舒服吗？这样吧，星期天晚上妈妈去给你办手续，你还是回家住……"

"明晚的演出，我不想去。"

闻言，周岚关了水，慢慢转过身看着她："之前不都说好了吗，怎么突然不想去了？西米，上次妈妈都已经跟你说得很清楚了，这次的慈善音乐会对你有很大的帮助，为什么你总是觉得我在害你呢？"

阮粟垂下眸子："我没有这样觉得……"

"那你告诉我，为什么不去？"

阮粟抿着唇角，沉默不语。

周岚以为她只是在闹小孩子脾气，没有多加理会，转过身洗菜："今晚好好练习，别再想那些有的没的了，明天的音乐会好好表现。我说过，如果明天你再出现之前演奏会上的错误，你就别住校了，更别想什么自由和空间，你必须待在家……"

"我拉不出来曲子了。"

阮粟突然的一句话，让周岚顿了顿，下意识地皱眉道："你说什么？"

阮粟的神色很平静，缓缓开口："从上次的巡演结束后，只要有人在，我就拉不出曲子了，我尝试过很多方法，可都没有效果。"

周岚愣了好几秒后，眉头皱得更深："西米，这种事不可以开玩笑，你要是实在不想去音乐会，我们可以好好商量，不能用这样的理由来骗妈妈。"

"我没有骗你，之前我一直以为自己可以调节好，但始终不行。"

"那你为什么现在才告诉我！你自己调节有什么用！"

阮粟抿了抿唇，低着头没有说话。

周岚擦了下手上的水，拉着她快步往外面走："你现在当着我的面演奏一次，看看到底是什么原因。"

阮粟张了张嘴，最终却什么都没说。

反正说了也没用。

周岚把大提琴放在她面前，往后退了几步，双手环着胸，深深吸了一口气："来，开始。"

阮粟握着琴弓，手轻微地颤抖着，甚至比之前几次还要颤抖得厉害。

隔了几分钟，无力地垂下手，哑声道："还是不行……"

"西米。"

这次，周岚长长地叫了声她的名字，一时没了下文。

阮粟没有抬头，但是能想象得到妈妈此刻失望又复杂的神情。

她放下大提琴站起身，声音涩涩地说："我回房间了，不用叫我吃饭。"

周岚站在那里，看着她的背影消失在楼梯口，好半晌才跌坐在沙发上，伸手摁着太阳穴，觉得脑袋里的神经都在抽疼。

阮粟躺在床上，怔怔地望着天花板，心里只剩下一片空寂。

她总算是说出来了，可似乎，好像也并没有改变什么。

她依旧，克服不了障碍。

阮粟闭了闭眼，睫毛有些湿。

不管是明天的慈善音乐会，还是明年的柯蒂斯音乐学院，或者是，更长远的，她的未来，她的梦想，都已经到此为止了。

她再也无法往前一步。

阮粟头埋在被子里，不知道从什么时候开始，泪水浸湿了一片。

她真的好没用啊。

什么都做不好，也什么都做不了。

　　游戏厅里，沈燃单手支在桌面上，撑着脑袋，另一只手翻着手机，看着和小姑娘的聊天页面。

对话还停留在他十分钟之前发的那句："到家了吗？"

小姑娘一直没回他。

这时候，他面前放了一罐啤酒，林未冬打了个响指："看什么呢，那么入神？"

沈燃放下手机，开了易拉罐，神情淡淡地说："处理好了？"

"差不多吧，剩下的明天再弄，累死我了。"林未冬说着，趴在了收银台上，"沈哥，你就行行好收留我一晚上吧，我今天真不想回去了。"

下午的时候，有人在游戏厅里打架闹事，把许多东西都砸坏了，还误伤了大学生，沈燃留在这里善后，他把那些人送去医院，到现在才回来，已经困得眼皮子都在打架了。

沈燃仰头喝了一口酒，眼皮子都没掀："打车走。"

"……"

沈老板今晚的心情好像不怎么好啊。

　　第二天早上八点，周岚敲响了阮粟房间的门，声音很疲惫："西米，你起来了吗？你要是起来了的话，和妈妈谈谈。"

过了几分钟，门被慢慢打开。

阮粟的眼睛有些红，也有些肿，明显一夜都没怎么睡。

周岚叹了一口气，转身下楼。

两人面对面坐在沙发上，都没有说话。

隔了许久，周岚才沙哑着声音开口："西米，妈妈知道你现在自己也很痛苦，但是我们不能放弃。一旦放弃，就真的再也没有机会重新开始了。"

阮粟咬了咬唇，手指攥紧："我没想过要放弃……"

可她就是，没有办法。

周岚把电脑放在她面前："你这样的情况我昨晚查过了，是典型的演出障碍，只是你格外严重。越是这样的情况，越要多在别人面前练习。"

阮粟皱眉："可是我……"

"西米，你要努力去克服，大提琴早已融入你的生命，和你就是一体的，你要学会控制它，让它听你的，而不是你自己被它支配。"

周岚说着，又道："不管是之前还是现在，今晚的慈善音乐会对你来说都是最好的机会。他们都是很有经验的前辈，说不定也遇到过这样的情况。"

阮粟张了张嘴，停顿了几秒后，才轻轻点头。

"行了，你上去好好休息一下吧，眼睛用冰敷敷。"

"知道了。"

等周岚回了房间以后，阮粟才缓缓起身，正要去拿冰块时，却瞥到了放在餐桌上的手机。

她拿起一看，手机已经没电，自动关机了。

阮粟垂着眼，看着漆黑的屏幕，没顾着拿冰块，直接跑上楼。

把手机插上电后，阮粟就一直趴在床上，等着开机。

她从来没觉得一分钟的时间如此漫长。

等到开机后，她立即解锁，点开微信。

只有安楠的消息弹了出来，问她昨天的情况。

阮粟呼了一口气："他没来。"

回复完以后，阮粟退出页面，正想放下手机去洗澡的时候，却看到沈燃的名字旁边，不知道什么时候多了一个红点。

可能是因为才开机，消息接受得比较缓慢的缘故，阮粟点开微信的那一瞬间，没有弹出来。

她快速点开。

沈燃的消息是昨晚十点半发的，只有四个字："到家了吗？"

距离现在已经过去了十二个小时。

阮粟拿着手机，调整了一下姿势，慢慢回复道："昨晚有点儿事，现在才看到消息，到家了……"

她发完消息后，就这么等着，不知不觉腿已经跪麻了。

沈燃还是没有回她。

阮粟鼓了鼓嘴，估计他是还没起床。

她想了一下，指尖在屏幕上停顿了几秒，才打出了字："晚上我要去参加一个慈善音乐会，不知道今晚能不能成功……"

过了两分钟，沈燃还是没回她，阮粟倒在床上，感觉心情怪怪的。

好像是在看到他的消息后，压抑痛苦的情绪好了很多，但心里又胀胀的，闷闷的。

阮粟重新拿起手机，放了一首轻音乐，慢慢闭上了眼睛。

慈善音乐会上，周岚在和人谈笑，阮粟独自站在角落里刷着手机，一整天过去了，沈燃还是没给他回消息。

他今天很忙吗？

阮粟鼓着嘴，退出聊天页面。

这时候，周岚和一个保养得很好，气质出众的中年女人走来，介绍道："西米，这是袁阿姨。"

阮粟收起手机，打招呼道："袁阿姨好。"

袁夫人笑眯眯地开口："你好，很高兴见到你。西米长得可真漂亮，早就想见见你了。"

阮粟抿着唇笑了笑，点头致谢。

周岚道："你的情况我已经和袁阿姨说了，还是和之前一样，你上台去表演，实在不行的话，再换人。"

袁夫人拉着阮粟的手拍了拍："西米，你别紧张，我相信你可以的。"

阮粟轻轻点头："谢谢。"

"别客气别客气，我跟你妈妈是好朋友，这点儿事算不了什么。"

周岚又道："你先去休息室准备一下，一会儿我来叫你。"

阮粟坐在休息室里，抱着大提琴，睫毛始终垂着。

其实她心里很清楚，在这种情况下演出，对她而言没有丝毫帮助，她甚至可能会因此更加地抗拒和排斥。

可是她也想，抱着那万分之一的可能性。

阮粟站起身，推开窗户，晚风清缓温柔，城市里的灯光，璀璨又明亮。

这时候，她放在口袋里的手机响起，她以为是她妈妈打来的，没看来电显示，直接接通。

电话那头，男人低沉而富有磁性的声音响起："音乐会开始了吗？"

阮粟目光微凝，慢慢收回视线，声音很轻："快了。"

沈燃停顿了一瞬，隔了几秒才道："今晚月色很美。"

阮粟抬头，看着皎洁的月光，道："嗯……"

男人低低笑了一声："明天见。"

挂了电话，阮粟看着头顶的月亮，嘴角弯起，眼里逐渐出现笑意。

虽然只有短短几句话，像是闲聊一般，但她知道他这通电话想要说的是什么。

他在告诉她，不要紧张，无论是什么样的结果，都不用给自己太大的压力。

这时候，敲门声传来，周岚道："西米，准备好了吗？要上台了。"

阮粟应了一声，拿着大提琴出去。

大厅里很暗，只有舞台上有一簇明媚的灯光。

阮粟整理了一下裙子坐下，拿着琴弓，缓缓闭上了眼睛。

这一瞬，她脑海里浮现的不是曲谱，也不是一张张模糊的面孔，更不是令她感到窒息的失误。

而是一双比星星还要明亮的眸子，沉黑安静。

可能是因为她长时间没有下一步动作的原因，台下开始出现了小声的议论。

阮粟睁开眼，放下琴弓起身，朝着所有人深深鞠了一躬。

下台。

众人正诧异时，袁夫人笑着开口："知道大家喜欢西米，所以我特地请她来开场，接下来才是我们的正式演出。"

回到后台，阮粟拿出手机，点开沈燃的聊天页面，舔了舔唇，一个字一个字地输入——

"我失败了，以后还可以继续找你练习吗？"

阮粟到了游戏厅，看着咬着烟坐在收银台玩打火机的男人，想起昨天晚上母亲疲惫又无力地对她说："西米，妈妈给你找个心理医生吧。"

她沉默了几秒后，道："好。"

她心理，确实有问题。

阮粟在游戏厅门口站着，没有立即过去。

过了一瞬，秦显看到了她，转过身对沈燃说了句话，男人拿打火机的手顿住，轻轻抬眼，黑眸看向她。

阮粟对上他的视线，轻轻扬唇，朝收银台走去。

沈燃嘴角勾了勾，取下还剩一半的烟碾灭。

男人嗓音低沉："去练习室？"

阮粟摇了摇头："我想玩会儿。"

沈燃挑眉，拿了一篮游戏币给她，阮粟拿出手机正要付钱的时候，却听他低低地说："晚上请我吃饭吧。"

阮粟愣了一下，没有问为什么，声音细细软软地说："好……"

"既然你都请我吃饭了，那今天我也请你，不用给钱。"

阮粟抿了抿唇，唇角弧度浅浅的，缓缓点着头。

游戏厅里所有的设备沈燃都教过她了，虽然她现在还玩得不够好，但基本上都会一点儿。

阮粟刚想要走到旁边去，却看到原本放着几台老式游戏机的角落里，现在放了一台崭新的篮球机。

她停在那里，有些怔。

这时候，沈燃走到她身边，顺着她的视线看了过去："最近刚好新订了一批设备，去试试？"

阮粟应了一声"好"，走到了篮球机前。

她其实，很喜欢这个。

每次投中篮筐，她都感觉很开心。

阮粟投了一会儿后，转过头问沈燃："你要玩一下吗？"

沈燃接过她递来的球，稍稍扬眉，手腕微抬，抛进了篮筐里。

又是正中。

阮粟看着篮筐，缓缓地问道："你以前经常打篮球吗？"

"偶尔。"

听到他的回答之后，阮粟才突然意识到，她好像对沈燃的过去一无所知。

沈燃将手下的球都投进去后，看了眼时间："不早了，去吃饭？"

一会儿小姑娘还得回学校。

阮粟点头，回过身去拿大提琴。

沈燃舔了舔唇，到底也没说什么。

早在第一次看见她背着这个的时候，他就想问她，重吗？

阮粟正要去拿从家里带来的东西时，沈燃已经提起来了："我来吧。"

"谢谢……"阮粟跟在他后面，问道，"你有什么想吃的吗？"

"烧烤？"

阮粟眼睛亮了一下："好！"

林未冬打着哈欠到了游戏厅，往收银台一坐，问道："沈哥呢，这都几点了，还没起来？"

秦显忙着打游戏："都跟你说了沈哥谈恋爱，谈恋爱去了！"

林未冬："……"

"那女孩儿来游戏厅了吗？"

"对啊，他们吃饭去了，刚走几分钟。"

啊！他又错过了！

林未冬叹了一口气，看向角落里的篮球机，顿时更加难过。

他觉得沈燃可能是疯了，不然怎么会拿着仅有的存款，去买了这么一台机器？

而且这鬼东西这么占地方，他们这小店根本供不下这尊大佛好吗！

第9章
帮我追他

和沈燃分开后，阮粟慢悠悠地上楼，眉眼弯弯的，唇角弧度柔和。

走到宿舍门口，她刚要伸手拉门，安楠就从里面逃一般出来，看见她像是看到了救星一样："西米，你总算回来了！"

阮粟问："怎么了？"

安楠都不知道该用什么词语来表达现在的心情，撇了撇嘴后，转过头看着宿舍里面，一脸欲言又止的样子，说："你看。"

宿舍整体的空间不大不小，每个人都有足够自己活动的空间。

可现在她们所有的东西都被堆到了角落，中间的位置全部空出来，放了一把精致的椅子，一把大提琴，一个曲谱架。

这么一来，她们几乎没有可以活动的空间，连椅子都拉不出来了。

陈尤安收拾完东西，转过头看着门口，抬了抬下巴，神情冷傲："你来得正好，我也不用多说一次了，我练习需要足够的空间和安静，所以以后我在练习的时候，希望你们都不要发出声音。当然，你们不回宿舍是最好的，这样对大家都好。"

安楠本来就忍了好一会儿了，闻言直接被气笑了："你喜欢空间大的地方，怎么不干脆住操场得了？"

陈尤安没理她，重新看向阮粟："本来我想说也给你留一个练习的地方，但现在好像没什么必要了，你觉得呢？"

阮粟神色淡淡的，没有回答。

"行了，你不回答我就当你默认了。"陈尤安说完后，拿着换洗衣服进了卫生间。

安楠差点儿没被她气得半死，她之前还在猜测这位一直没来的室友会是什么样的，万万没想到竟然是陈尤安这个娇蛮大小姐！

陈尤安也是从小就开始学习大提琴，拿了不少奖项。但阮粟比她成名早，实力也比她强。

可以说有阮粟的比赛，陈尤安就只能拿到第二名。

过了一阵，安楠才反应过来："不对啊，西米，她刚刚那句话是什么意思，难道说她知道……"

阮粟轻轻点头。

昨天那场慈善音乐会陈尤安也在，她下场之后就是陈尤安接替她去演奏的。

其实她的状态很明显，大概在场的所有人都看出来了。

阮粟放下大提琴，朝安楠笑了一下："没事，收拾一下睡吧。"

"对了对了，你和沈老板怎么样了？西米你一定要相信我，他绝对喜欢你！下次我们再找个机会试探一下！"

阮粟鼓了鼓嘴："不用试探了。"

安楠瞪大了眼睛："怎么，他对你表白了吗？"

"不是，我……"阮粟停顿了一下，耳朵微微有些红，不知道该怎么说，"阿楠，你……会追男生吗？"

安楠："？？？"

阮粟从很小的时候，几乎就没有特别喜欢的东西，她所有的喜好都被周岚给限制了。她不会因为一颗糖果哭闹，也不会因为手指练习出血而哭泣。

因此，她也不会轻易去要什么，很多时候都是乖巧顺从。

但实际上，她的内心叛逆又执拗。

所以她的喜欢永远都是直接又纯粹，不会回避，也不会去压制，只想要去表达。

陈尤安从浴室出来之后，见她的东西都被搬到了墙边，她可以使用的空间比之前缩小了不小，不满地皱眉道："你们……"

阮粟在整理自己的东西，安楠戴上耳机听歌，跟着节奏摇摆。

很明显，都没有要理她的意思。

陈尤安冷哼了一声，又把椅子拖到了宿舍中间，抱着大提琴坐下开始练习。

阮粟洗完澡出来，便躺在了床上，将粉红色小兔子抱在了怀里，戴上耳机点开了音乐。

她拿着手机，手指在空中停顿了一会儿，才打开搜索页面。

沈燃。

大多都是同名同姓，还有各种各样的关联词。

好像和她所想要了解的，都没什么关系。

阮粟扫了一圈，正要退出时，却看到一串关联词中，有个英文名字——Dawn。

她没有犹豫，直接点了进去。

这次出来的内容不仅多，而且不断地冲击着她的眼球。

"Dawnt和富婆有瓜葛！"

"Dawn和粉丝绯闻实锤！"

"Dawn宣布退役。"

"……"

阮粟看得有些懵，慢慢坐起来，靠在了床头。

不管弹出来的是哪条新闻，好像都和她认识的那个沈燃没有关系。

应该是错误关联。

最终，阮粟一条也没有点开，退出了页面。

如果不是沈燃，那她没有必要看。

如果……

阮粟摇了摇头，一定不是。

她虽然和沈燃认识没有多久，但她知道，他不是会做出那种事的人。

这时候，陈尤安终于忍无可忍地放下琴弓，朝安楠吼道："你能不能小声一点儿，没看到我在练习吗？"

安楠连耳机都没有取下，继续随着音乐打着节奏："哦，不好意思，我刚刚突然瞎了呢。"

"……"

陈尤安冷笑了一声："我说阮粟怎么现在是这样的状态，原来是因为和你这样的人住在一起，成天都没法练习，状态好才有鬼了。"

阮粟抬头看了她一眼，点开了综艺公放着道："你说什么？"

陈尤安气得嘴角都歪了，重新拿起琴弓，深深吸了一口气，继续拉着大提琴。

音量也比之前高了不少。

安楠不服，直接开了音响。

陈尤安也和她较上劲儿了，拉个不停。

这么持续了快一分钟的样子，楼下有人骂道："神经病吗？大晚上不睡觉，在这儿开什么演唱会呢！"

阮粟："……"

安楠："……"

陈尤安："……"

一时间，整个宿舍安静到了极点。

陈尤安哼了一声，转身上床。

阮粟抱着粉色小兔子翻了个身，看着安楠给她发来做鬼脸的表情包，轻轻笑了笑。

很快，安楠的消息又发了过来："西米，你喜欢沈老板吗？"

"嗯……"

她和沈燃现在就是朋友，而且认识的时间还这么短，如果直接去戳破的话，他肯定会觉得她是一个轻浮，对待感情随便的人。

"虽然我觉得沈老板也喜欢你，问题不大……但我还是得和你说说，毕竟你之前没有谈过恋爱，所以我怕你把朋友之间的感情和喜欢给弄混了。"

陈尤安掀开被子，不悦地道："你们两个对我有什么意见当面说，这样背地里讨论有意思吗？"

"……"

看到安楠发来的那条消息后，阮粟有些睡不着。

她心里的那簇小小的，刚被点燃的，忽明忽暗闪烁着的火苗，好像摇曳了那么几下，挣扎着慢慢变淡了下去。

安楠说得很对，她没有谈过恋爱，可能会分不清楚两者之间的区别。

而且，这种喜欢，也和她之前喜欢的东西不同。

她还是需要多一点儿时间来想清楚，对沈燃的喜欢到底是朋友之间的喜欢，还是……更进一步的，想每天都见到他的喜欢。

第二天下午，阮粟刚从教学楼下楼，就看见等在那里的男人。

她垂了垂眼走过去："爸爸。"

阮清山声音是一如既往的温柔，道："西米，最近学习累吗？"

阮粟摇头："不怎么累。"

"那就好，你都开学两个星期了一直住在学校，想不想去爸爸那里住几天？"

阮粟没有立即回答，只是抿了下唇。

她是想的。

从小到大，阮清山给她的关心一直都比周岚多，他会站在她的角度上思考问题，会背着周岚偷偷给她买糖吃，带她去游乐园，给她买洋娃娃……

所以在他们离婚的时候，她也曾在心里埋怨过，阮清山为什么没有带她走。

但长大了一点儿好像就明白了许多，阮清山不带她走不是因为不爱她，只是当时他太想摆脱周岚了，而周岚绝对不会放弃她的抚养权。

如果打官司的话，又是一场漫长的拉锯战。

这对他们三人而言，都是一种折磨。

当时，他独自离开，无疑是最好的选择。

阮清山比任何人都要了解自己女儿的想法，见她沉默，伸手揉了揉她的头发，笑道："爸爸一个人在家太无聊了，西米去陪陪爸爸可以吗？"

良久，阮粟才轻轻点头："好。"

阮清山道："那你回宿舍收拾一下东西，爸爸在楼下等你。对了，大提琴不用带，爸爸已经跟你们辅导员请了假，你这两天安安心心地玩就可以了。"

"可是妈妈那里……"

"没事。"

阮粟回到宿舍，把换洗衣服拿好之后，看向放在角落里的大提琴，半晌，才扯出了一抹笑。

大提琴对于她，早就形同虚设了。

阮清山的公寓离学校不远，开车只用了不到二十分钟的时间，在附近的商场里吃了饭后，才回家。

阮清山打开一扇门，里面都是粉嫩嫩的装饰："西米，你这几天就住在这里，有什么想要的就跟爸爸说。"

阮粟扬起笑："谢谢爸爸。"

进了房间关上门，阮粟在床上滚了两圈，突然想起什么似的，打开行李箱，拿了那只粉红色小兔子出来抱着，才重新倒在床上。

她望着天花板，心情轻松又愉快。

过了一会儿，阮粟手机响起，一条消息进来。

是沈燃发的："今天还来吗？"

阮粟看着黑透了的天色，这才想起她忘记给沈燃说她不去游戏厅了，她翻了个身，回复道："我这两天请假了，没在学校。"

沈燃没有再回消息，阮粟犹豫了一下，正要打字的时候，他的电话直接打了过来。

阮粟看着屏幕上闪烁着的名字，感觉心跳加快了几分，脸也有些烫，她翻身坐起来，呼了一口气才平复情绪接通："喂……"

男人嗓音清冷而有磁性，语调似乎比平时沉了几分："生病了吗？"

阮粟拉了拉兔子的耳朵："没有，我就是……到我爸爸这里来住两天。"

沈燃："……"

他舔了舔薄唇，隔了几秒才开口："那就好。"

"嗯……你在忙吗？"

"不忙。"

他虽是这么说，可游戏厅里嘈杂的声音还是透过手机传到了阮粟耳朵里。

这话问出后，她却不知道该说什么了。

电话那头，沈燃也没开口。

安静的房间里，阮粟连自己的呼吸声都能清晰地听见。

不知道过了多久，男人轻笑了声："不打扰你了，祝你玩得开心。"

阮粟其实想说不打扰，但刚才那阵诡异的沉默确实挺尴尬的，她声音小小地道："好……再见。"

挂了电话之后，阮粟继续倒在床上，对自己刚才的表现非常失望。

明明以前他们聊天都不会这样，可能到底是怀了那么一点儿不同寻常的心思，所以无法再像之前那样心无旁骛，坦坦荡荡了。

喜欢一件东西，和喜欢一个人，感觉真的是不同的吗？

阮粟把怀里的小兔子拿出来放在了枕头上，认真地观察了半天，总结道："真是挺丑的。"

但她为什么就那么喜欢呢？

另一边。

沈燃放下手机，有些失笑，刚才自己反应的确大了些，好像是吓到小姑娘了。

他咬了支烟在唇上，正要点燃时，林未冬凑了过来："沈哥，商量个事呗。"

"有话快说。"

"……过两天秦显他们系有个篮球赛，咱俩也去报个名吧。"

秦显他们这次的篮球赛不是正规比赛，就是私下自己发起的，所以校外人员也可以参加。

沈燃显然没什么兴趣，点燃了烟，眼皮都没抬："不去。"

林未冬就知道他没那么好说话，拉了把椅子过来："篮球场可是最能吸引女孩子的地方，到时候我哗哗哗投进几个球，她们肯定会被迷得神魂颠倒的，一个个的排着队要我微信，我脱单可就指日可待了。"

"……"

沈燃掸了掸烟灰，漫不经心地问道："女孩子都喜欢打篮球的男生？"

"不然呢，难不成喜欢你这种无所事事在游戏厅里都要结出蜘蛛网的老男人吗？"

沈燃转头看向林未冬，嘴角浮起冷笑："好啊，打。"

林未冬被他看得全身发毛："打就打，你别用这种眼神看着我啊……"

他已经好多年没在沈燃脸上看到这种"还没开始打比赛仿佛就已经扼住了对手命运的喉咙，让对方在赛场上恨不得跪下来投降"时的神色。

沈燃大多数时间是冷冰冰面无表情的，但在比赛场上，他眉目间的飞扬和桀骜，是遮不住的。

那是从心底深处燃起来的热血，灼烧着灵魂。

他属于比赛，属于每一个赛场。

林未冬突然后悔发出了这个邀请……

整整两天的时间里，阮粟感觉自己好像逃离到了另一个世界。

不用练习，不用拼命去调整自己的状态，也不用去想今后应该怎么办。

只是简单地做着她喜欢的事。

阮粟睡到自然醒，看着透过窗户照耀进来的阳光，揉了揉眼睛，舒服地伸了一个懒腰。

她掀开被子走到门口，刚准备出去的时候，就听到阮清山压低声音在打电话："我说了先让西米和我住几天，她早就需要好好休息了，你现在给她找心理医生，只会增加她的心理负担。"

阮粟手放在门把上，慢慢垂下了眼。

那边，不知道周岚说了什么，阮清山语气比之前重了不少："你现在跟我说这些还有什么意思？我承认我没有做好一个父亲的责任，但她现在变成这样，你难道不应该从自己身上找找原因吗？"

又是无休无止的争吵。

阮粟轻轻关上门，转身靠在门板上。

窗外的阳光不知道为什么，没有之前明媚，变得刺眼起来。

过了半个小时，阮粟才重新打开门，阮清山笑容温柔："西米起来了，午饭马上就好，你要是饿了的话，就先吃点儿水果。"

阮粟抿了下唇，挤出笑："爸爸，我想回学校了。"

阮清山顿了顿："我跟你们老师请了一个星期的假，你可以再多玩几天。"

阮粟摇头："两天的时间够了，我已经休息好了。"

"是不是在学校认识了新朋友？想她们了？"

被他这么一问，阮粟愣了几秒。

想……他们？

这两天的时间里，是有想过的。

她偶尔会点开沈燃的对话框，但却不知道应该发什么。

而且沈燃也没找她……估计挺忙的。

她要是贸然给他发消息的话，万一打扰到他好像也不太好。

阮清山笑道："也对，你这个年纪的女孩子，就应该多和同龄人接触，和她们一起逛逛街看看电影什么的，一会儿吃了饭爸爸送你回去。"

车在学校门口停下，阮清山摸了摸阮粟的头，声音是一如既往的温柔：

"西米，别给自己太大的压力，你要记住，音乐对于你而言永远是梦想而不是枷锁。你要是觉得实在太累，可以试着放下它，看看外面的世界。"

阮粟回到宿舍的时候，安楠正要出门，见她回来，连忙道："西米，你回来得正好，我们赶快过去，不然来不及了！"

"去……哪里？"

"去看篮球赛啊。"安楠从她手里接过东西，顺手放在桌上，就把她往外面拖，眼睛里都闪耀着激动，"我做梦都没想到有一天还能看到沈老板上场打篮球，我还以为他只会打游戏呢，啊！想想都觉得他好帅！"

阮粟这才反应过来："沈老板？打篮球？"

"对啊，他没跟你说吗？他今天下午在理工大学有一场球赛，不是那种正式比赛，就秦显他们几个私下组织的。"

安楠说完，看着阮粟茫然的脸色，这才挠了挠头发："我以为你是为了看球赛回来的，沈老板没跟你说啊……"

篮球场边，沈燃坐在长椅上，上身前倾，手肘放在腿上，双手拿着手机，编辑好的内容却迟迟没有发出去。

过了几分钟，秦显热完身拿着篮球跑过来："沈哥，马上开始了。"

"嗯。"沈燃淡淡应了一声，将对话框里的所有内容删除，放下手机起身。

不远处，林未冬还在练习投篮，十个只有四个进。

他猜得果然没错，沈燃是答应来打比赛了，但却是他的对手。

见沈燃过来，林未冬把手里的球朝他扔了过去："沈哥，商量一下行不，等会儿让我多秀秀，展现一下个人魅力，不然女孩子们全部被你吸引走了。"

沈燃接住球，随手在地上拍了两下："放心，无所事事的老男人没人喜欢。"

林未冬："……"他真想抽自己俩嘴巴子。

很快，球赛开始。

沈燃和秦显一个队，两个人默契足，才开场二十秒就配合着进了一个球。

秦显一边跑一边朝沈燃扬了扬下巴："可以啊沈哥，球技不减当年。"

沈燃笑了下，接过队友扔来的球，远投三分正中篮筐。

"啊啊啊——"

来看比赛的女生一片尖叫。

林未冬："我晕！"

他上次跟沈燃打篮球都是半年前的事了，隔了这么久不练他手都没生疏吗，直接进三分？

沈燃随手抹了一把脸上的汗，转过身，在看到那道熟悉的身影时，黑眸微顿。

林未冬走了过来，用手捅了捅他胳膊："看什么呢那么入迷，是不是看到美……啊，那不是我女神吗！她怎么会在这里？"

自从"粉上"阮粟之后，林未冬便成了一个合格的"西米露"，一天能看阮粟同一张照片八百回，绝对不会有认错的可能！

林未冬又激动地捅了沈燃两下："咦，你快看，她也在看我呢，一定是我球场上帅气的身姿迷住了她。"

似乎是察觉到他们在说她，小姑娘脸和耳朵有些红，立即收回了视线。

沈燃薄唇微勾，黑眸里温度融化了几分。

他转过头："继续。"

林未冬还在身后嘀咕："等会儿下场后，我一定要去合个影！"

球场上，男人穿着黑白相间的篮球服，奔跑在球场上，少年感十足。他打球时每个动作都干净利落，游刃有余地应付着这场比赛。

这和他在游戏厅里，是完全不一样的状态。

阮粟站在那里，唇角微微抿着，慢慢上扬，眼睛里落满了阳光。

第一节比赛结束，八比二。

林未冬在他女神出现以后，拼命地表现自己，超常发挥进了一个球，才挽回了一点点颜面。

沈燃转身看着不远处的小姑娘，不动声色地舔了舔唇，迈着长腿走过去，谁知刚走到一半，就有一群女孩子围上来，手里都拿了水。

沈燃没有停留直接绕开，走了几步后，一个女生抱着胸拦在他面前，神情倨傲："看你球打得不错，认识一下呗。"

安楠见状，白眼直接翻到天上去了："她怎么会在这里！"

第10章
喂，让一下

最近阮粟不在宿舍，就陈尤安和安楠两个人，经常就是一个不管白天黑夜旁若无人地练习，一个就在她练习的时候把音响开到最大，比赛着谁更扰民。

每次被骂之后，都不约而同地安静如鸡。

这是陈尤安活了十九年第一次过得这么窝囊。

今天下课之后，刚好听说这里有一场球赛，见那些女生说起来兴奋又激动的样子，她也就跟着来看看，见识一下有什么了不得的，顺便放松一下心情。

没想到的是，却在这里看到了阮粟和安楠。

其实这一场球赛，陈尤安没怎么看，她一直在关注阮粟，从而发现了阮粟一直在看的男人。

小女生的心思，一眼就能看出来。

在过去的十多年里，陈尤安始终被阮粟压一头，就连这次，她之所以会来晚半个月，其实是去柯蒂斯音乐学院面试了，在此之前，她做了许多的准备工作。

可她永远忘不了，她拉完最后一曲，考官对她说的话："你表现得很好，各方面也很优秀，可是很抱歉，我们已经录取阮粟了。你和她的风格实在太过相似，我认为我们没有必要再选择同一类型的。"

陈尤安从小就是天之骄女，无比骄傲，却怎么也无法超过阮粟。

所以她最大的愿望就是看到阮粟输给她，不管是从哪方面，她都想赢一次。

沈燃神情冷淡，黑眸没有丝毫波澜，薄唇微动，只有两个字："让让。"

陈尤安："……"

"喂，我跟你说话你没听……"

陈尤安话刚说了一半，阮粟不知道被谁推了一下，往前跟跄了一步，一只骨节分明的手稳稳扶住她。

男人才打完球，气息温热又滚烫，沐浴露淡淡的香味将她笼罩，清冽好闻。

他的心跳声仿佛就在耳旁，一下一下，强劲有力。

阮粟抬头望着他，对上男人沉黑安静的眸子，一时竟然忘了把手抽出来。

陈尤安见状，嘴角抽了抽，眉头剧烈地跳动着。

那边，林未冬好不容易挤了过来，激动地呐喊道："女神女神，我是'西米露'啊，女神看看我！"

阮粟总算被喊回一点儿思绪，她回过神，把手收了回来，视线不自然地看向别处。

沈燃微微挑眉，悬在空中的手慢慢握拢，转头看了林未冬一眼。

正在兴头上的林未冬莫名地感觉到了空气中有股冷寒的杀意。

他暂时没管那么多，直接跳到阮粟面前："女神，我是你的粉丝，可以和我合个影吗？"

阮粟愣了愣，还有些懵："……啊？"

林未冬刚要掏出手机，就被人勾住了脖子，沈燃语调懒懒地说："打完球再说。"

"为什么，我现在就要……"

"输得这么难看，你还好意思合影？"

林未冬："……"

道理是这个道理，但没必要。

因为等打完比赛，输得更惨，他才是真正的不好意思。

但这会儿人多，休息时间马上就要结束了，也确实不太方便合影。

林未冬退而求其次，盯着阮粟手里的那瓶水："女神，可以把这个给我，当成是给我加油打气吗？"

阮粟顺着他的视线低头，这瓶水是她来的路上买的，一直握在手里，差点儿忘了……

她张了张嘴，在林未冬饱含期待的目光下，慢慢开口，声音轻轻地说："抱歉。"

虽然她没有直接说不给，但拒绝的意思已经很明显了。

不过林未冬也不觉得尴尬，只要他脸皮够厚，尴尬就追不上他。

刚好这时候秦显跑过来喊他们，第二节比赛马上开始了。

林未冬一边往球场上跑一边回过头嚎道："女神，等我打完比赛啊！"

沈燃站在原地，单手叉着腰，舔了下薄唇才看向阮粟，嗓音低低地道："着急走吗？"

阮粟连忙摇头。

不知道是不是因为天气太过炎热的原因，小姑娘脸红扑扑的，眼神格外明亮。

他唇角微勾，缓声问道："比赛结束一起去吃饭？"

阮粟立即回答："好。"

沈燃眼里笑意更浓，转过身回到了赛场。

旁边，陈尤安总算脱离了安楠的控制，将她手甩开，不满道："你发什么神经呢！"

安楠笑吟吟地说："好久没看到你了，实在想念，打个招呼嘛。"

"……"

陈尤安骂骂咧咧地离开了。

安楠拍了拍手，搞定！

这时，裤子里的手机振动了两下，安楠摸出来看了一眼，随即拍了拍阮粟的肩膀："西米，辅导员找我有事，我先回去了，你慢慢看，记得帮我恭喜沈老板啊。"

这个比赛的阵容，这个悬殊越来越大的比分，不用看结果，都知道最后赢的是哪边。

阮粟点头："好。"

等安楠离开后，阮粟找了一个位置坐下，垂眸看了一眼紧握在手里的水，长长呼了一口气。

刚才那个情况要是真把水给了沈燃，那可就太尴尬了……

现在自己喝了也不是，就这么拿着也不是。

早知道当时就不买了。

阮粟鼓了鼓腮帮子，抬头重新看着比赛。

刚好，沈燃又进了一个三分。

阮粟唇角慢慢扬了起来，之前他教她玩篮球机的时候，她就知道，他篮球打得一定很棒。

现在看来，好像比她想象的，都还要厉害。

球场上，林未冬喘着粗气，一副快要晕过去、说个话都断断续续的样子："沈燃突然是疯了吗，认真得让我害怕……"

沈燃的这种状态，林未冬还只是在四年前他拿了KOT世界联赛总冠军的时候见过。

问题是，他不明白沈燃明明随便打打就能赢他，为何要拿出这种可怕的，仿佛要把他虐死再踩在地上碾碎的残忍态度。

秦显道："刚才你嘀嘀咕咕跟沈哥'媳妇'在那说了半天什么呢，他没当场削你都算是给你面子了。"

林未冬："？"

上半场结束。

林未冬累得直接瘫在了地上，他太难了……

沈燃笑着和队友说话的同时，随手拉起球衣下摆，擦了下脸上的汗。

球衣下，腹肌线条匀称流畅，充满了力量。

阮粟看得哗一下脸红了，正要移开视线时，男人却看了过来，四目相对。

这一瞬间，阮粟只觉得自己隐藏在心底深处那些晦涩不明，带着陌生情愫的秘密，好似藏不住一般统统从眼底流露了出来。

对于那天晚上安楠问她的话，她好像突然就有了答案。

很清晰、明确的答案。

阮粟没有再避开，扬唇对他笑了一下，眉眼弯弯的，仿佛盛满了夜色里所有温柔的光，清澈明媚又璀璨夺目。

不远处，男人眉梢微扬，迈着长腿朝她走过来。

沈燃在她旁边坐下，隔着空气，都能感觉到他身上灼热的温度，他嗓音低沉，气息微喘："无聊吗？"

阮粟摇头："很有意思。"

沈燃笑了笑，单手往后撑在长椅上，看着球场，半晌才开口："你要是喜欢的话，我可以教你。"

小姑娘语调轻轻地说："好。"

阮粟回答完以后，咬了一下唇，低头看着手里的水，刚想递过去，沈燃队友就抱着一箱水过来，扔给了他一瓶。

"……"

阮粟感觉眼皮子抽了抽，深深吸了一口气，连忙把手收回来，装作不在意地去拧盖子。

看来今天这瓶水是真送不出去了。

算了，以后有的是机会。

阮粟手刚用力，旁边就递过来一瓶拧开盖子的水。

沈燃道："喝这个吧。"

"……哦哦，好的。"

阮粟把手上的那个给了他。

心跳得好像比刚才更快了一些。

沈燃没有察觉她的想法，接过后随手拧开瓶盖，仰头直接喝了半瓶。

阮粟慢慢地把盖子拿下来，喝水的时候，嘴角弯起。

这应该也算是……送出去了吧？

虽然过程很波折，但至少结果是好的。

沈燃看了眼时间，还有几分钟，他低声问道："什么时候回来的？"

"今天下午，再迟一会儿的话，可能就看不到你打篮球赛了，幸好来得及。"

沈燃扬眉，将瓶子里剩下的水喝完，修长的手指握着空瓶子，却没扔，语调低沉缓慢："以为你还要休息几天，就没告诉你。"

阮粟笑了笑："对我来说，两天时间已经足够了，总要回归生活的。"

"现在感觉怎么样？"

"我也不知道，再试试吧……"

沈燃侧眸，小姑娘的眼睛里已经没了第一次见面时的压抑和茫然，充满了鲜明的希望。

他道："不用着急，一切都会好起来的。"

林未冬坐在球场的另一头，看着这一幕，流下了孤独的泪水。

沈燃这个家伙，什么时候把他女神骗到手了！

早知道秦显口中的"沈哥媳妇"就是阮粟的话，他作为一个合格称职的"西米露"，绝对不会同意这桩婚事的。

他年轻貌美、单纯又不谙世事的小西米，竟然就这么被沈燃那个无所事事，一点儿上进心都没有的老男人给骗走了。

他恨！！！

于是，在下半场比赛里，沈燃读出了林未冬眼底的怨念，十分漂亮地以六十比二的成绩，结束了这场球赛。

林未冬："……"

人生太难了。

比赛结束后，沈燃刚换了衣服出来，就看见林未冬苦大仇深地站在门口，他随手薅了一把湿润的黑发，语调慵懒："有事？"

林未冬十分严肃地开口："KOT冬季赛，报名。"

"……"

林未冬内心剧烈挣扎了很久，终于被迫接受了现实。

但眼前的现实并不是他想要的现实，既然今时不同往日，那他就绝对不能再这么看着沈燃继续放任自己下去了！

沈燃神情淡淡的，眼里的温度逐渐消散，越过他往前："不去。"

林未冬转身跟了上去，苦口婆心地劝说："你就当为了我家西米着想，你忍心看着她以后跟你这种没有前途没有未来还没有钱的人在一起吗？"

林未冬嚎完之后才反应过来，他为什么要扮演这种反对他们在一起的豪门老妈妈角色？

不过阮粟的家人肯定也不会同意他们在一起，他这也算是提前给沈燃来一次彩排了。

沈燃神情冷峻，没有丝毫停顿，径自离开。

林未冬缓缓停下脚步，无声地叹了一口气。

本来以为这次能有机会说动沈燃复出，可看来还是没用。

他那么骄傲的一个人，当初却以那样的方式退役……

看来有些东西不管是过去了三年，还是十年，带来的伤害，一辈子都改变不了。

阮粟站在篮球场，脚尖轻轻点着地，手里还拿着沈燃给她的那瓶水。

头顶上方，夕阳落下，拉出了长长的余晖。

她抬起头，眼睛微微眯起，嘴角弧度柔和又温暖。

过了一会儿，有脚步声传来。

阮粟慢慢转过头，眼睛里浮起了一层光，笑容深了几分。

男人逆着光而来，缓步站在她面前，嗓音低低的，听不出什么情绪："等很久了吗？"

"没，我刚才随便转了转。"

沈燃盯着面前的小姑娘，唇角抿了一下："我送你回学校。"

阮粟愣了愣，眼里的光暗了几分，声音细细软软地说："不是说……要一起吃饭吗？"

"都是些男生，去了也是喝酒，你不太方便。"

"那……好吧。"

反正以后一起吃饭的机会还有很多。

看着小姑娘乖巧地点头，沈燃心里有些闷，烦躁得厉害。

回学校的路上，两个人一前一后地走着。

就像是第一次他送她回学校一样，尴尬中又透着陌生。

阮粟几次想要回头和他说话，但都觉得气氛怪怪的，具体是哪里出了问题，她又说不上来。

明明他打球时感觉都还挺好的……

好不容易到了宿舍楼下，阮粟缓缓转身："我到了。"

沈燃停下脚步，嗯了一声："上去吧。"

阮粟鼓着嘴，朝他挥了挥手，回过神走了两步后，又转过头问道："我明天，还能去找你练习吗？"

沈燃单手插在裤兜里，没有立即回答。

时间一分一秒地过去，天色逐渐暗沉了下来，闷雷阵阵。

阮粟敛了眸子："快要下雨了，你……"

"明天下午，我在练习室等你。"

阮粟顿了一下后，重新抬头，压出唇角的笑意，朝他挥手："那我先上去了，明天见。"

沈燃朝她笑了笑，嗓音低缓："明天见。"

等小姑娘的身影消失在眼前，沈燃才收回视线，从裤子口袋里摸出手机，上面显示着秦显的名字。

他随手接通，电话那头道："沈哥，你在哪儿啊，都等着你呢。"

沈燃语调很淡："你们玩吧，我不去了。"

第11章
对她好点儿

阮粟回到宿舍的时候，安楠不在，陈尤安正在练习。

她坐在位置上，正要拿出耳机，大提琴的声音突然停止，陈尤安道："你这两天去哪里了？"

阮粟转过头看着她，神色没什么波动："有什么事吗？"

陈尤安放下琴弓，紧紧盯着她："阮粟，你现在是拉不出曲子了吗？"

作为一个被阮粟甩在身后多年的第二名，陈尤安可谓是时刻关注着她，绝对不会放过任何蛛丝马迹。

这两天她没事的时候就在研究阮粟最后一场巡演的视频，她终于发现除了最后一首曲子的一个调拉错了之外，阮粟整场的状态都和以前不同。

她眼睛里没有东西，是空洞而又无光的。

刚好，她又听不少同学在吐槽阮粟从开学到现在，上专业课就没听她拉过大提琴，合奏练习也从来没有参加。

同学们说她架子大，摆谱。

陈尤安跟在阮粟后面那么多年了，大概能知道阮粟是一个什么性格，再结合慈善音乐会上的事，她只要想一想，就能猜到个七八分。

阮粟现在，绝对出了很大的问题。

过了很久，阮粟都没有回答，只是看向角落里的大提琴，唇角抿起。

游戏厅外，沈燃坐在长椅上，抬头看着天空，地上摆了好几个啤酒罐。

雨已经停了，空气中满是冰冷潮湿的味道。

夜色沉寂，没有一丝光透进来，暗过了头。

沈燃嘴角扯起，自嘲地笑了笑，又开了一瓶啤酒。

林未冬的话确实给他泼了一盆冷水，让他迅速从目前这种状态中清醒过来。

阮粟年纪还小，前途大好。

而他，却是一个连未来在哪里都看不到的人，人生晦暗无光。

既然都知道最终的结果会是什么样，那他现在做的这些，不是耽误人家小姑娘吗？

酒喝到一半，林未冬走过来坐在他旁边，也开了一罐酒："你说你这人，打赢了球赛都还跑这儿来喝闷酒，不知道的还以为你输得有多惨呢。"

沈燃道："你怎么回来了？"

林未冬叹气："岁数大了，跟那些年轻人玩不动了，还是来找你过老年人的生活。"

沈燃笑了声，没理他。

林未冬又道："我下午说的那些就是开玩笑，你别放在心上，我也只是希望你能放下以前的那些……"

"我知道。"

此话说出后，林未冬没再说话，两个人都安静地喝着酒。

远处的路灯忽明忽暗，像是随时都会坏掉。

这条街，已经很老了。

林未冬喝完手里的那瓶啤酒，将易拉罐捏扁："你就真的不再考虑一下吗？不想再回到赛场上了？"

这次，沈燃没有立即拒绝，只是低下头，看着自己的右手，嗓音听不出什么情绪："我26岁了，回去又能打几年？"

林未冬道："别人我不知道，但你是Dawn啊，只要你想打，就能一直打下去，七老八十都能打。沈哥不开口，我们不退休。"

沈燃又拉开一罐啤酒，笑道："怎么，打一个巴掌再给一颗甜枣吃？"

林未冬也笑，拿起酒和他碰了一下："我作为一个'西米露'，当然要事事为我们西米着想了。不过我还是得问问，你对我们家西米，是认真的吗？"

专业课结束后，老师站在讲台道："还是老规矩啊，六点我在礼堂等你们，大家早点儿去吃饭。"

台下有声音抱怨道："每天都在练习，练来练去都是那个样，就不能休息一下吗？"

老师拍了拍手："距离音乐节只剩不到半个月了，我知道这段时间大家辛苦了，再坚持坚持，等音乐节过后就轻松了。"

有人小声嘀咕道："说好是合奏练习，凭什么有些人一次都不去，就知道折磨我们，名气大就了不起吗，能保证一次错都不出吗？"

此话一出后，所有人的目光都看向了阮粟。

陈尤安坐在角落里抱着胸，好整以暇地看着。

阮粟始终安静地坐着，睫毛微垂，遮住了眼底大半的情绪。

老师咳了一声，又道："大家安静些，有什么问题下来再说。"

等人都走得差不多的时候，陈尤安才到阮粟面前："你以为你还能瞒多久？不过也是，一旦别人知道你再也拉不出曲子，就是你跌下神坛的时候。"

陈尤安说着，停顿了一下，半笑半讽："天才大提琴少女？也不过如此。"

陈尤安走后，教室里只剩阮粟一个人。

她转头看向窗外，夕阳正在下落，投射进来的光线有些刺眼。

蝉鸣的声音，越来越清晰。

过了几分钟阮粟站起身，走到辅导员办公室，轻轻敲响了门。

阮粟到了练习室，却没看见沈燃，她以为他在睡午觉还没起来，放下大提琴正准备自己练习一会儿的时候，练习室的门被敲响。

门口出现的，是林未冬。

阮粟记得他，昨天和沈燃一起打球的男生。

她缓缓放下琴弓，抬头看着他。

林未冬伸出手朝她打招呼："Hello[①]……我叫林未冬，是沈燃的朋友。"

阮粟抿了抿唇，笑了一下："你好。"

林未冬咳了一声："那什么，沈燃今天有点儿事，让我来陪你练习……我站这儿就行了是吧？"

"都可以。"

她的声音很淡，让林未冬心里越发地没底，搓了搓手缩到了角落里。

阮粟抱着大提琴，目光落在了最后一扇窗户上。

以往的每次，沈燃都是站在那里。

时间一分一秒地过去，四周安静得出奇。

林未冬本来也不是一个能坐得住的人，再加上来之前沈燃只是让他陪阮粟练习，多的什么都没来得及说。

尽管他内心有千百个疑问，这时候也不好问出口。

不知道过了多久，阮粟轻声开口："今天就到这里吧，谢谢你。"

林未冬回过神来："啊？这就走了吗，那……那我送你？"

阮粟笑容浅浅地说："不用，我自己回学校就可以了。"

林未冬见她在收拾东西，觉得还是有必要解释一下沈燃为什么今天没来："对了，沈燃他不是故意爽约的，他今天……有点儿事。"

阮粟手上的动作顿了顿，转过头看着他。

不知道是不是林未冬的错觉，他觉得阮粟的眼睛好像比刚才亮了一点儿。

---

① 中文"你好"之意。

阮粟站在娃娃机前，看着里面的玩偶，看久了竟然还觉得丑萌丑萌的。

她抿着唇笑了笑，投了两个币进去，手放在操作杆上，调整好之后，摁下了按钮。

意料之中地抓空了。

她正要继续投币的时候，林未冬走到她旁边："抓这个是有技巧的，沈燃他没教你吗？"

他听秦显说，沈燃已经教他家西米学会了游戏厅里所有的游戏设备，没道理不教这个啊。

阮粟摇头："没有。"

林未冬义正词严地道："这就是他不对了，等他回来了之后我好好批评……"

阮粟声音轻轻地说："他直接用钥匙打开拿给我的。"

"……"

不知道为什么，林未冬心里突然升起一个很强烈的念头，他转过头看向角落里的篮球机，试探性地问道："你……喜欢玩那个吗？"

阮粟点头，嘴角弯了一下："很喜欢。"

"……"

林未冬再次沉默了，并且是十分漫长的沉默。

沈燃那个败家玩意儿！

阮粟见他的神色不太对，缓声开口道："那个怎么了？"

林未冬干笑了两声："没，挺好的，这不是新进的设备吗，我问问你们的感受，有不好的地方可以及时该正嘛。"

算了算了，好歹是买给他家西米的，至少肥水不流外人田。

他勉强接受了。

阮粟视线停留在篮球机上，过了几秒才道："沈燃他……什么时候回来啊？"

林未冬看了眼时间，啧了声："不好说，他奶奶摔着了，还在医院呢。"

阮粟愣了愣："严重吗？"

"我刚才给他打过电话了，不严重。但老人年纪大了，怕有什么后遗症，需要住院观察两天。"

"他们在哪家医院？"

沈燃买了晚饭回来，刚走到住院部门口，就看见阮粟站在花坛旁四处看着，单手提着一个大大的果篮，有些吃力。

他脚步逐渐停了下来，隔着来往的人群看着她，黑眸又沉又暗。

昨晚林未冬问他："是认真的吗？"

说起来，他和阮粟认识的时间并不长，从她最后那场巡演到现在，也不过才一个月的时间。

小姑娘看上去乖巧恬静，说话时声音细细软软，脸皮薄，容易害羞。可就是在这样的外表下，却有着一个倔强的灵魂。

不论处于什么样的境地，她从来都没有打算放弃一直以来所坚持的东西。

哪怕竭尽全力仍然看不到希望在哪里，她也始终在努力着。

小姑娘无论走到哪里，都是优秀又发光的。

而他？

沈燃勾了下薄唇，自嘲地笑了笑。

阮粟手提得有些麻了，正要换一只手时，手里的水果篮就一空，她下意识抬眼，随即扬起笑，眼睛弯成了一道月牙："总算看到你了，我还说给你打电话呢。"

沈燃垂眸，小姑娘脸被太阳晒得有些红，有几缕头发被汗水浸湿，贴在了脖子上。他低声开口："怎么到这里来了？"

"我听说你奶奶摔伤了，想去看看她，方便吗？"

小姑娘的眼睛很亮，带着一点儿期待和小心，像是怕他会因为她的不请自来而生气。

沈燃无法说出拒绝的话。

看着他点头，阮粟悬着的心才落了下去，嘴角笑容扩大。

沈燃薄唇抿了一下，黑眸里温度融化了几分，嗓音低沉缓慢："走吧。"

阮粟跟在他后面，连脚步都轻快了不少。

他们刚走到病房，就听见里面传来声音："姑娘，麻烦你跟医生说说，我真没事，待在这儿不是浪费时间吗？还耽误我去跳广场舞！"

护士笑道："医生都说了让您再观察观察，最多两三天就能出院了，您也别着急。"

"这样吧姑娘，我孙子今年26岁，还没有女朋友，你要是能让我出院的话，我就把他微信给你。"

"奶奶，出院的事我说了可不算……"

"你先听我说完嘛，我孙子特别帅，以前挺有钱的，虽然现在穷了一点儿，但好歹是个游戏厅的老板，你要是和他在一起，还能当个老板娘。你可想清楚啊，过了这村就没这店了。"

护士被她说得哭笑不得，做她们这一行，遇到不配合的病人很多，但还是第一次有人这么竭力推销自己孙子的。

护士收回体温计："奶奶，你好好休息，晚点儿我再来看……"

她话刚说到一半，病房的门就被打开了。

门口的男人穿着黑衣黑裤，身形挺拔修长，神色淡漠，五官冷峻。

护士看得有些呆，好帅！！！

沈老太太道："你看，这就是我孙子，没骗你吧，你要是现在反悔还来……"

"得及"这两个字，在她看到跟在沈燃身后的那个小姑娘时，硬生生被她吞进了肚子里。

护士原本觉得没什么，但被她这么一说，顿时脸红了，朝沈燃点头示意后，抱着病历本离开了。

沈燃神情不变，对这样的情况已经习以为常，他放下果篮和晚饭，缓声开口道："奶奶，这是阮粟，听说您摔伤了，特地来看您。"

阮粟连忙朝她微微鞠躬："奶奶您好，我叫阮粟，是沈燃的……朋友。"

沈老太太看着紧张得手不知道往哪里放的小姑娘，笑得特别和蔼，朝她招了招手："过来过来，奶奶看看。"

阮粟慢慢走过去，沈老太太拉了旁边的椅子给她，笑眯眯地道："坐坐坐。"

"谢谢奶奶。"

"都是一家人，就别客气了。"

阮粟愣了愣，还没怎么反应过来，就听见沈燃沉声道："奶奶。"

沈老太太咳了下，收敛了不少。

毕竟女孩子都脸皮薄，又是第一次见面，万一把人给吓跑了，她就没孙媳妇了。

见她没再乱说话，沈燃对阮粟道："你坐一下，我去接点儿水。"

阮粟乖乖地点头："好。"

等沈燃一走，沈老太太就赶紧问道："小姑娘，你今年多大啊？"

"奶奶，我十九了。"

沈老太太皱了皱眉，到底是没忍住："你年纪这么小他就对你下手了？"

回来拿东西的沈燃有些无语："……"

阮粟此时总算反应过来她说的是什么，顿时涨红了脸，连忙摆着手："奶奶，你误会了，我们不是你想的那种关系……"

沈老太太深明大义地点头："就算现在不是，迟早也是。"

阮粟张了张嘴，可能是心里有鬼的原因，她竟然无法说出反驳的话。

她和沈燃以后……

会是那种关系吗？

沈燃站在门口没有进去，他现在出现，小姑娘只会更尴尬。

他倚靠在墙上，脑袋微微抬起，看着头顶上方。过了几秒，唇角才扯出一抹淡笑。

病房里，老太太热络地找着话题，小姑娘始终没有觉得不耐烦，每次都认真又仔细地回答着，声音细细软软。

沈燃站在那里不知道听了多久，黑眸越来越柔和。

沈燃回到病房，阮粟已经不在了，他把水壶放在床头的柜子上，淡声开口："你把人家小姑娘吓跑了？"

"瞧你这话说的，我又不是什么吃人的老巫婆，小姑娘接电话去了。"沈老太太瞥了眼门口，压了压声音，"燃燃，你喜欢那姑娘吧？"

沈燃没回答，只是打开了食物口袋，拆着包装。

"奶奶跟你说，你要是喜欢人家，就收起你那个臭石头脾气，现在的女孩子都喜欢活泼幽默的，像你这样冷冰冰的性格一开始就输在了起跑线上，所以后天要更加努力才行。"

"您知道得倒挺多。"

"那是，我广场舞也不是白跳的，天天在那儿侦察敌情。"

沈燃把食物放在小桌板上，笑了下："您不都说了吗，小姑娘年纪还小。"

沈老太太认真地道："我刚才又问过，她下个月底就满二十了，说起来也不算小。"说着，她又摇了摇头："年龄不算是什么问题，但小姑娘家里条件不错，这个就有些为难你了。"

"……"

"要我说，你还是把你那个游戏厅关了，正正经经找个工作。你说你，以前玩游戏还能挣钱，怎么现在当游戏厅老板了，反而越来越穷？"

沈燃把餐具递给她："您慢慢吃。"

沈老太太看着他的背影，突然道："那个女人最近又找过你吗？"

沈燃脚步微顿，嗓音很淡，带着一丝冷意："没有。"

"如果你想见她就去见吧，不用顾及我，我一把老骨头了，还能活多少年，她毕竟是你……"

"我出去了。"

沈老太太靠回床头，叹了一口气。

她也不知道她这么活泼开朗的人，怎么就养出了这么个倔脾气的孙子。

好不容易凭自己的双手打出了一片天空，却在一夜之间毁于一旦，从云端跌入谷底。

出了病房后，沈燃脸色微寒，走到阳台从裤兜里拿出烟和打火机，正要点燃时，却看到小姑娘站在角落里，垂着头正在接电话。

她侧着脸，他看不太清她的神色，也听不清楚地在说什么。

沈燃薄唇微抿，收起烟，刚打算离开，小姑娘就挂了电话，站在原地，身影看上去沮丧又难过。

让人很想，抱一抱。

沈燃抬腿，缓步走了过去。

十分钟前，电话是周岚打过来的。

阮粟刚接通就听见她冷厉的声音响起："西米，妈妈已经在给你找心理医生了，在这之前，你需要自己去调整。离校园音乐节还有半个月，你不能就这么放弃。上次慈善音乐会虽然有袁阿姨给你圆场，但是你的状态大家都看得很清楚……"

过了一会儿，阮粟才抿着唇角，声音很轻："这本来就是瞒不住的事。"

周岚加重了声音，比以往任何一次都要生气："阮粟！"

阮粟垂下睫毛看着地面，没有说话。

周岚话说到一半，无声地叹了一口气，放缓了语气："妈妈不是怪你的意思，只是柯蒂斯音乐学院如果知道你现在是这样的情况，很可能会重新考虑到底要不要录取你。西米，妈妈知道大提琴一直是你喜欢的东西，你也不会放弃，所以你一定要打起精神来，知道吗？"

后面周岚又说了什么，阮粟没有听清楚，只是看着缠绕着栏杆爬在阳台上的一朵小花。

她也很想这样自由自在，不受任何束缚地生长。

不知道过了多久，电话里没了声音，阮粟慢慢垂下手，无力感遍布了全身。

如果她真的只是一台机器该多好，只需要按照指令服从。

要是电耗光了，充上就可以。

阮粟闭了闭眼，睫毛轻轻颤动着，等她睁开眼时，却感觉面前有阴影罩下。

是熟悉的，沐浴露的味道。

她下意识地抬头，映入眼帘的便是男人漆黑深沉的眸子。

阮粟心里仿佛有什么东西扯动了一下，她扯出一抹笑："我还有点儿事先回去了，奶奶那里我就……"

她话还没说完，就落入了一个温暖的怀抱。

沈燃的声音低低地在她耳边响起："阮粟，下雨了。"

所以，她不用勉强自己笑，可以肆无忌惮地哭出来。

雨声越来越大，逐渐淹没了周围的所有声音。

阮粟终于控制不住自己，拽着他的衣角低低啜泣出声，到后面，哭声越来越大。

时不时有几滴雨落到阳台上，打湿了他的手臂。

很长的时间里，两个人都没有说一句话。

她每次一拿起大提琴，脑海里闪过的都是那天在舞台下所有人脸上的神情。

不知道从什么时候开始，那些模糊的面孔逐渐成为她所有压力的来源。

那个错了的调子，无数次地回响在她脑海里。

"阮粟，没有人能一次错都不出，真正喜欢你的人，不会因为你的一次失误而离开，他们只会更加爱你。"

外面雨势依旧很大，没有丝毫要减小的意思。

阮粟和沈燃并肩站在医院门口，她视线放在一旁被雨打得摇曳的树叶上，过了一会儿她小声开口："我在这里等就可以了，你回去陪奶奶吧……"

现在车已经排到了一百多号，至少还要再等一个小时。

沈燃单手插在裤兜里，身形修长挺拔，音线清冷而富有磁性："没事，她吃了饭应该已经睡了。"

阮粟嘴角抿了抿，唇边浮起一丝浅浅的笑意。

此时，湿冷的风迎面而来。

阮粟没忍住打了一个喷嚏，她揉了揉鼻子，随即听见沈燃的声音响起："等我一下。"

"好。"

沈燃走后，阮粟双手搓了搓自己的胳膊，看着浓重的雨幕，往墙边站了一点。

脑海里不由得想起了沈燃刚才抱她时的场景。

他的怀抱温暖，心跳沉稳有力，让人很有安全感。

仿佛所有的不安与焦躁，都在那一瞬间被轻轻抚平。

阮粟伸出手，有几滴冰冷的雨水落在她掌心，带着一丝寒意。

已经到了秋天了。

这周完了之后就是为期七天的长假，很快就是音乐节了。

又是一阵凉风吹来，比之前更冷。

阮粟慢慢收回手，敛了睫毛，不知道在想什么。

很快，沈燃回来，手里拿了一杯奶茶，隔着一层纸巾递给她："有些烫，等一下再喝。"

阮粟点着头，双手接过，抱在怀里："谢谢……"

沈燃抿了下唇，看向一旁的长椅。

之前坐在那里的人已经走了。

他道："要坐坐吗？"

坐下后，阮粟抱着奶茶，感觉浑身都暖暖的，过了一会儿，她才轻轻出声："你和奶奶……不住在一起吗？"

"嗯，很早之前就不住在一起了。"他笑了笑，侧眸问，"今天有被她吓到吗？"

阮粟连忙摇头："我觉得奶奶很可爱，是我见过最活泼的奶奶，能看得出来，她很关心你。"

"我从小和她生活在一起。"

阮粟张了张嘴，下意识想问他父母呢，但是话到嘴边，立即停住了。

沈燃淡淡地看着前方，目光平静，声音没什么起伏："我父母在我生下来后不久就离婚了，我父亲工作很忙没时间照顾我，一直把我放在奶奶那里，直到他去世。"

在那之后，他开始打了职业赛。

再到退役。

阮粟不知道该说些什么，半晌才笨拙地开口："我父母……也是。"

沈燃偏过头，看着垂着脑袋有些不知所措的小姑娘，知道她是想安慰他，他抬手轻轻揉着她的头发："爱你的人无论在哪里，都会依然爱你。"

阮粟怔了怔，停顿了许久。

是啊，他们始终，都是爱着她的。

可能形式和表达上有所不同，可能不是她想要的那种爱。

但他们，都是真正爱她的。

也正是因为爱，才会有期待。

阮粟抬头望着他，眼睛弯了弯，眸子里笑意明媚："我知道了。"

沈燃挑了挑眉，正想说什么，却瞥见手还放在她脑袋上。

与此同时，阮粟好像也察觉到了这点，眨了下眼睛，耳朵迅速红了。

林未冬从雨幕里跑进来，一边收着伞一边吐槽道："最近怎么这么多雨，幸好我带了伞，不然……"

他话还没说完，就感觉一道不冷不淡的目光扫过来，带着几分凉意。

林未冬嘴角抽了抽，悄悄瞥了眼转过头看向其他地方，但能看出来阮粟脸颊微微有些红，合着他这又是破坏了沈燃的好事儿？

沉默了两秒后，林未冬在心里给自己鼓掌，做得好！！！

及时将西米解救于水深火热之中，这才是他身为"西米露"应该做的事！

沈燃起身，嗓音淡淡："你怎么来了？"

林未冬道："我这不是想来看看奶奶吗，医生怎么说？"

"没什么大碍，观察两天就可以出院了。"

"那她现在怎么样了？"

沈燃道："睡了。"

林未冬点头："行吧，那我改天再来看……"

沈燃拿过他手里的伞，面无表情地出声："都已经到医院了，不上去看看多没诚意。"

"你不说她已经睡了吗？"

"睡了可以叫醒。"

林未冬："……"

无情！

这家伙为了跟他家西米待在一起，怎么这种"丧尽天良"的事都能做得出来？

沈燃低头看了眼腕表，缓声问小姑娘道："车要到了吗？"

阮粟回过神，打开手机看了一下："快了，还有几分钟。"

"那出去等吧。"

从这里到大门口，都还要走一段距离。

阮粟声音轻轻地说："好。"

她走了一步，朝林未冬挥了挥手："再见。"

林未冬万分不舍："再见……"

沈燃撑着伞，和阮粟一起离开。

林未冬站在原地看着他们的背影，越来越觉得……

还挺配的。

到了病房，林未冬轻轻敲了敲门，然后探了一个脑袋进去。

病房里，电视节目正播得热闹，沈老太太看得聚精会神。

林未冬走进去："奶奶，您还没睡吗"

沈老太太转过头看他，笑眯眯地开口："冬冬来了啊，这时间还早呢，我睡什么？"

"沈燃不是说……"

"我每天晚上都要看完这个节目才睡，燃燃一直知道的。"沈老太太话说到一半，笑容更甚，"你该不会是被他骗了吧？"

林未冬："……"

可恨，他真的被骗了！

不用想，沈燃肯定也是这么骗他家西米的！

披着羊皮的狼！

等沈老太太看完节目时，沈燃才回来。

他本来打算在这里陪一晚上，结果被沈老太太轰走了。

回到游戏厅后，林未冬再次发出想要住在这里的请求，沈燃眼皮子也没抬，拒绝了。

林未冬道："我就不明白了，你那屋子里到底有什么东西，不让我住就算了，平时连看也不能看，是不是背着我藏人了？"

沈燃没理他，转身道："走的时候记得关好门。"

"……"

进了浴室，沈燃脱下短袖扔在一旁，视线在那上面停顿了几秒。

短袖下摆的两侧，被抓得皱巴巴的。

小姑娘身子软软的，哭声仿佛还回荡在耳边，不停地撞击着他心里的某个位置。

沈燃舔了下薄唇，就这么放弃，真的甘心吗？

三年前，他也同样问过这个问题。

第12章
"绅士"威胁

沈燃从浴室出来，摁开了电脑主机后，回过身拿了烟盒，从里面敲出一支烟咬在唇间，低头点燃。

他轻轻抬眼，安静地看着屏幕。

等一支烟抽完，他才戴上耳机，骨节分明的手指敲击着键盘。

距离上次登录已经过去了半个月。

是在陪阮粟练习之前。

沈燃刚登录游戏，就有一条组队申请——

来自STG-Boat①。

沈燃没有停顿，直接点了拒绝，开了单排。

另一边，STG训练基地。

蒋文舟取下耳机，微微眯起了眼睛。

一个男孩儿探过头来："队长，他自己开了。"

"嗯，我看到了。"

男孩儿不解道："这Burn②到底是谁啊，咱们拉他组队好几次都被他拒绝了。更何况他在单排赛的成绩也不怎么样，忽上忽下的，狂个什么劲儿。"

蒋文舟摇了摇头："他在隐藏实力。"

"啊？"

---

① 一支电竞战队的英文名字。
② 一个电竞赛手的英文名字。

蒋文舟道："你没发现他排名虽然忽上忽下，但从来没有跌出前十吗？我匹配到过他一次，最后决赛圈只剩我们两个人。"

男孩紧张地问："然后呢？"

也没听说队长输过啊。

蒋文舟脸色不大好看："他自雷了。"

男孩："……"

这么嚣张的吗？

难怪队长对这个人有这么深的执念，本来想把他签进战队的，可组队邀请他都直接给拒绝了。

蒋文舟重新戴上耳机，有些烦躁："练习吧。"

自从沈燃退役以后，STG的主力成员也陆陆续续地走了，到现在只剩他和江途。

在外界看来STG还是如日中天，但只有他知道，战队的实力远不如之前沈燃在的时候。

要是碰上了一个强劲又能看穿他们打法的对手，那比赛必败无疑。

这几个月蒋文舟一直在签新人，稍微有点儿潜力的都被他留下了。

可最想签的，却无数次地拒绝他。

如果这个Burn被其他战队签了的话，那今年的KOT冬季赛后果将不堪设想！

必须要想个办法才行。

阮粟躺在床上，怀里抱着那只粉色的小兔子，扬起的嘴角怎么都压不下来。

今天虽然哭了一场，但她实在是太开心了。

阮粟从被子里摸出手机，点开沈燃的聊天框，本来想发点儿什么的，不小心瞥到了时间。

深夜十二点。

这么晚了吗？

阮粟想了半天之后，还是发了两个字过去。

"晚安。"

沈燃没有立即回她，应该是已经睡了。

阮粟放下手机，在床上滚了一圈，觉得自己今天哭得好像有些丢脸。

自己还一直揪着他衣服。

沈燃和她过去认识的所有人都不同，只有他，在她脆弱难过的时候告诉她，可以哭。

她可以在他面前哭，可以在他面前脆弱，也可以在他面前做真实的自己。

阮粟发现，她现在好像越来越依赖他了。

不过……沈燃会喜欢她吗？

想到这个问题，阮粟的情绪逐渐平缓下来，看向角落里的大提琴。

她也没办法喜欢现在的自己。

阮粟掀开被子起身，正要出门的时候，安楠迷迷糊糊的声音传来："西米，这么晚了，你去哪里啊？"

阮粟背着大提琴，轻声道："我出去一趟，很快就回来，你睡吧。"

安楠将行李箱合上后，转过身道："西米，你什么时候回去啊，你家里人来接你吗？"

阮粟点头："我妈妈一会儿来。"

"行，那我就先走了啊，到时候联系。"

"拜拜。"

等安楠离开，陈尤安才从一旁出来，神情冷傲："你们放假要出去玩吗？"

阮粟将粉红色小兔子装进行李箱里，看了她一眼，淡淡地笑了笑："嗯，你要一起吗？"

陈尤安脸色瞬间变得难看起来，不屑地道："谁要和你们一起了，我只是想提醒你，你再这么放任自己下去的话，你这辈子就真毁了。"

阮粟唇角的笑敛了敛，没有说话。

"我听老师说，校园音乐节你退出了？"

"嗯。"

听到她的回答，陈尤安莫名有些火大。

之前他们管弦系安排了一场合奏，一场阮粟独奏，所以她几次没去参加合奏，老师都睁只眼闭只眼算了，想着反正只要她独奏上好好演奏就行了。

现在阮粟退出音乐节，这个独奏的名额就落到了陈尤安头上。

就好像她是被阮粟施舍的一般！

陈尤安道："阮粟，我不知道你现在到底是一个什么情况，但我知道你对音乐的热爱，对大提琴的热爱，如果你现在说放弃就放弃的话，我也太看不起你了，亏我之前还一直把你当成是我最强有力的对手。"

阮粟笑，声音轻轻地说："一旦我放弃，你最强有力的对手就消失了，这不是一件值得高兴的事吗？"

陈尤安差点儿炸了："谁要这种捡便宜的高兴了？我是要堂堂正正地赢你！我要让所有人都知道，我比你厉害，你根本不是什么天才大提琴少女！"

"那你放心，我不会放弃。"

陈尤安："……"她差点儿以为自己听错了。

阮粟该不会是被她这两句话给激的吧？

如果真的是……那好像还真有点儿得不偿失。

阮粟拉着行李箱，背着大提琴，笑容轻松："再见。"

陈尤安嘴角抽了一下，阮粟这两天怎么变得古里古怪的，动不动就对她笑。

刚到学校门口，阮粟就接到了周岚的消息。

"西米，妈妈临时有点儿事，会晚一点儿到，你在宿舍待会儿，妈妈到了给你打电话。"

阮粟收起手机，推着行李箱往前走。

游戏厅里，秦显扫了眼前台，嘀咕道："沈哥之前不都不睡午觉了吗，怎么又睡上了？"

林未冬打着哈欠过来："可能是失恋了吧，需要用冬眠的方式来缓解痛苦。"

秦显喷了声："不可能吧，沈哥稀罕那女孩得很呢，怎么可能失恋！"

"怎么，不允许我们家西米甩了他吗？"

"……"

两人说着，秦显瞥了眼门外，目光顿住，用手肘捅了捅林未冬："瞧瞧，这不是来了吗？我就说不可能分手。"

林未冬："……"他浮现出了一个恨恨的表情。

阮粟进来后给他们两人打了招呼，又往收银台看了看："沈燃他……不在吗？"

秦显道："睡觉呢，我去给你叫他。"

阮粟连忙摆手："不用了，我自己玩会儿就可以。"

林未冬拍了拍秦显，也示意他不用去。

正好他有点儿事想和他家西米宝贝说。

离游戏厅隔了一条街的咖啡馆里，阮粟看着如临大敌脸色严重的林未冬，放在膝上的手紧了紧："怎……怎么了？"

林未冬垂下头，慢慢从怀里掏出了一个本子，突然出声："你能给我签个名吗？"

阮粟："……"

长久沉默之后，她接过了本子。

林未冬还在旁边提着要求："能再写一点儿祝福语吗？就是比如你是我见过最可爱的男孩子啊，我最喜欢你了之类的话。"

他在说后面半句时，阮粟的手显而易见地抖了抖。

最终，阮粟在他本子上没有留下他说的那些话，她写的是："很高兴认识你。"又画了一个可爱的笑脸。

林未冬也满足了。

他收起本子，咳了一声："现在我们来说正事吧，有关沈燃的。"

阮粟轻轻点了点头，她知道林未冬特地把她带出来肯定是有话跟她说。

而这个，必然是和沈燃有关的。

林未冬一时没开口，他在琢磨着，该用什么样的方式来打开这件事比较合适。

其实这两人的相处他也算是看出来了，沈燃喜欢阮粟，阮粟把他当朋友，不排斥，甚至来说可能还有一层好感。

可他也了解沈燃，在没有绝对的把握之前，沈燃不会轻易踏出那一步。

所以他现在只是凭着喜欢，想要去对阮粟好，想要看她开心，把他认为最好的给她。

完全不去想他们两个之间有没有结果。

所以那次打完球赛林未冬把未来他要面对的问题给他挑明之后，沈燃就退缩了。他开始重新去看待他对阮粟的感情。

但具体是怎么看待的，重新去看又得到了什么，这个林未冬就不得而知了。

林未冬隔了很久才开口："你想知道沈燃的过去吗？"

阮粟愣了一下后，轻缓出声："我很想知道，可我想知道是一回事，他愿不愿意告诉我又是一回事。"

"如果他一直都不愿意呢？"

"那我也一直不问。"

她不在意沈燃过去是个什么样的人，也不在意他过去经历了什么，她只知道她所认识的那个沈燃，是一个温柔善良的人就足够了。

林未冬一句话破坏了气氛："那万一他以前是个十恶不赦的杀人犯或

者采花贼呢？"

"……"

林未冬后知后觉地发现自己开了一个很尴尬的玩笑，自顾自地笑了两声后："我的意思是，或许他的过去你想等他自己告诉你，但现在……你能帮帮他吗？"

阮粟闻言有些茫然："怎么帮？"

"沈燃把自己困在一个死局里不肯出来，谁劝都不管用。但我觉得，他应该会听你的。"

林未冬以为她会问，沈燃为什么会听她的，谁知对面的女孩在听了前半句后便皱起了眉，没有多的话语，只是直接道："我应该怎么做？"

"让他喜欢上你。"

阮粟听懵了："……啊？"

林未冬说得无比认真："离不开你的那种喜欢，和你分开就会要死要活的那种喜欢。"

只有这样，沈燃才会为了他们的未来去考虑，重燃斗志。

沈燃走到收银台，打开冰柜拿了一瓶水，喝到一半时，余光扫到放在角落里的大提琴，手上的动作一顿。

他拧上瓶盖，侧过身屈着两根手指敲了敲秦显的肩头，嗓音低沉沙哑，还带着几分倦意："人呢？"

秦显正在打游戏，一时没反应过来："什么？"

"阮粟，去哪里了？"

"哦，林未冬带她出去了，应该是在附近喝东西吧。"

沈燃眉头不着痕迹地皱了一下，转身大步离开。

他到咖啡厅，林未冬刚好问出了那一句，"你想知道沈燃的过去吗？"。

沈燃没有上前，安静地伫立在那里。

那一瞬间，他突然想，让阮粟知道他过去是一个什么样的人也好。

了解了，或许她就会远离。

沈燃单手插在裤兜里，黑眸凝着小姑娘的笔直的背影，薄唇微抿。

——"如果他一直不愿意呢？"

——"那我也一直不问。"

当听到小姑娘回答的那一刻，沈燃倏地喉咙发干，垂在身侧的手逐渐收拢。

不论是曾经巅峰时的辉煌与荣耀，还是退役时的难受与不堪……

好像，都不重要了。

阮粟睁大着眼睛，似乎被林未冬这惊世骇俗的话给吓到了，半天没有反应过来。

"在聊什么？"清清淡淡的男声在头顶响起。

阮粟瞬间回神，慌忙抓过杯子低头喝着水，眼神都不知道该往哪里放。

林未冬向来脸皮厚惯了，稳如泰山地回答："什么都聊了点儿，你怎么来了？"

沈燃拉开阮粟身旁的椅子坐下："随便转转。"

阮粟偷偷看着神色如常的男人，心跳快到不行，刚刚的话，他应该没有听见吧？

刚好，沈燃偏过头："还没回家吗？"

"啊？对……那个……我妈妈有点儿事，还要再等会儿。"

小姑娘整张脸红了个透彻，漂亮的眼睛湿润闪烁，像受了惊的小猫。

林未冬还是把人家给吓到了。

沈燃道："还想吃点儿什么？"

阮粟声音又软又轻："不……不用了……"

林未冬咳了一声，试图挽回这尴尬的场面："要不……回游戏厅玩会儿？"

他堪堪开口，才说了两个字，一道不冷不淡的目光便扫了过来。

林未冬瞬间闭嘴，安静如鸡。

沈燃看了眼腕表："时间还早，随便吃点儿吧。"末了，他补了句，"我还没吃午饭。"

阮粟乖巧地点头："好。"

沈燃勾唇，叫来服务员点了一份水果沙拉，两份甜品。

林未冬皱眉："为什么只有两份？我也要！"

"你不是不喜欢吃甜食吗？"

"……"林未冬有苦说不出，撇着嘴将头转了过去。

行行行，他一会儿吃几块水果总行了吧。

沈燃缓缓道："我出来有一会儿了，游戏厅没人守着。"

"……"过分了！！！

林未冬已经不想吐槽沈燃了，之前他要离开一段时间，让沈燃招个人，他倒好，直接把游戏厅搞成了自助扫码拿币。

他站起身："我先回去，你们慢慢聊。要是……有吃不完的，可以给我打包带回来，我不嫌弃。"

阮粟朝他挥了挥手："再见……"

林未冬朝她眨了一下眼睛："下次见。"

等他走后，周围陷入了沉默。

阮粟又喝了几口水，才鼓起勇气问道："你……是什么时候来的呀？"

沈燃眉头不着痕迹地挑了一下，嗓音低低地道："刚到，怎么了？"

阮粟握着杯子，松了一口气。

他应该，是没听到的。

她摇着头："没……我以为你还要再睡一会儿。"

这时候，水果沙拉正好上来。

沈燃把盘子往她面前挪了一点儿："吃吧。"

阮粟视线落在他修长的手指上，突然就有些心猿意马起来，脑海里满是林未冬刚才那句话。

——"离不开你的那种喜欢，和你分开就会要死要活的那种喜欢。"

在过去的十九年时间里，阮粟基本都是和大提琴为伴。

从来没……喜欢过一个人。

她起初并不太理解这种感情，也怕自己像是安楠说得那样，会把这种感情和朋友之间的感情弄混。

而且这种喜欢来得太过突然，就连她甚至也不知道是从什么时候开始的。

沈燃单手撑在桌上，托着脑袋，看着不知道在想什么的小姑娘，唇角弯了弯。

小姑娘白皙的皮肤上，还泛着一层没有消散的红色，嫩得仿佛能掐出水来。

如果他没记错的话，她是下个月底的生日。

回游戏厅拿了大提琴以后，阮粟走了两步，转过头问沈燃："假期的时候，你忙吗？"

"应该没什么事。"

"那我……"阮粟咬了下唇，脸上浮起笑容，"我先走了，再见。"

"路上小心。"

等阮粟的身影消失在这条街上，沈燃才收回视线，刚转身，林未冬就凑了过来："那么舍不得，怎么不送送？"

沈燃懒得理他，抬腿往回走。

林未冬跟了上来："沈老板，我和西米说的话，你都听见了吧，好歹给我个回馈啊。"

沈燃薄唇微抿，停下脚步，扫了林未冬一眼："她现在不是说这些的时候，别去打扰她。"

"对了，我之前就想问你，上次你为什么要叫我陪她去练习啊，我家西米出什么事了？"

沈燃顿了几秒，声音缓而慢："我家？"

林未冬感觉四周的空气都冷了好几分，喷了声："你能不能先把人追到手，再宣示主权？"

"不能。"

看着沈燃离开，林未冬本来还想再说什么的，刚想跟上去，才发现好像有哪里不对……

沈燃今天给他的感觉，怎么和之前不太一样了？

难道说……激将法管用了？

林未冬眼睛一亮，连忙跟了上去："沈哥，别急着走啊，咱们再聊聊啊！"

阮粟刚走到小吃街外，周岚的车就停在了她旁边。

周岚降下车窗，看了下四周，微微皱眉道："西米，你在这里做什么？"

"我……随便转转。"

"你们学校附近还有这种地方呢！"

阮粟点了下头，没有过多地回答，拉开车门坐了上去。

周岚淡淡地问道："你经常来这里吗？"

阮粟手上的动作顿了顿，垂下眸子："嗯。"

周岚本来想说什么，但透过后视镜看了阮粟一眼，想起心理医生给她说的话，叹了一口气："算了。"

她驱动汽车，又道："妈妈带你去一个地方，到了以后乖乖的，不要乱说话。"

四十分钟后，车在一栋别墅前停下。

周岚解开安全带："下车吧。"

摁了门铃，周岚转过身，给阮粟整理了一下衣服："这两天开始降温了，记得加衣服，别感冒了。"

阮粟点了点头。

这时候，门被打开，温暖的光线从里面传来，一道女声轻轻柔柔地响起："我正说给你打个电话呢，路上是不是有点儿堵？"

周岚笑："对，今天周五，有一点儿堵。"说着，她又介绍道："西米，这是方阿姨。"

阮粟抬眼，门口的女人看上去也就四十出头，保养得很好，漂亮又温柔。她乖巧地出声："方阿姨好。"

方黎眉目带笑："西米好，饿了吧？快进来，饭已经做好了。"

进了屋子，方黎对楼上喊了声："南南，周阿姨和妹妹已经到了，你快下来。"

周岚低声对阮粟道："方阿姨的儿子和你同岁，但比你大几个月，也是念大一。"

方黎听到她的话，笑着补充道："对，南南的学校就在你们学校旁边，以后有机会你们还可以一起出去玩玩。"

这时候，一个少年出现在楼梯上，单手插在裤兜里，居高临下地看着她们。

他眉目和方黎有几分相似，但却和她的温柔截然不同，脸上是不加掩饰的桀骜。

阮粟对上他的视线，目光淡淡的，没有波动。

少年眯了眯眸子，下楼，拉开椅子坐在她对面。

方黎从厨房端了菜出来："南南，这是阮粟妹妹，打个招呼。"

少年掀了下眼皮，言简意赅："顾从南。"

阮粟微微颔首，没有过多的言语。

方黎走到顾从南旁边，揉了揉他的头发，笑道："西米，南南他就是这个样子，喜欢自傲，等熟悉了就好了。"

顾从南不满地把头从她手下挪开："妈，我都说了多少次了，我又不是小孩子，你别总是揉我头发。"

周岚也笑了笑："我们家西米也是，有些内向，不过两个孩子年纪相仿，熟悉起来也快。"

"对，小孩子嘛，都是这样。"方黎道，"吃饭吧。"

顾从南皱眉："爸不是说他今晚要回来吗？"

方黎温声道："他临时有个会，咱们先吃，不用管他。"

顾从南抿了抿唇，看上去不太高兴。

他看向阮粟，冷不丁地开口："你是音乐学院的？"

阮粟本来低着头在想周岚带她到这里是想做什么，突然听到他的声音，停顿了几秒后，才意识到他是在问自己，她抬起头，露出礼貌的微笑，道："嗯。"

"我在理工大学，离你学校不远。"

"听方阿姨说了。"

顾从南道："哦。"

少年没了话语，阮粟也不想主动搭话，又垂下了头。

周岚夹了菜到她碗里："这是方阿姨的拿手菜，你尝尝。"

方黎笑："哪是什么拿手菜，就是南南嘴刁，不肯吃这不肯吃那，硬生生把我给练出来了。"

饭桌上，方黎和周岚聊得很开心。

顾从南偶尔会突然出声，试图破坏气氛，但最终都以失败告终。

只有阮粟，从头到尾没有说过一句话。

吃完饭，方黎道："南南，你带妹妹上楼玩一会儿。"

阮粟看向周岚，后者揉了揉她的头发："跟哥哥去吧，妈妈和方阿姨说点儿事。"

顾从南起身，看了阮粟一眼："走吧。"

上楼的时候，阮粟安静地跟在少年身后。

顾从南的房间里摆放着各种各样的动漫周边、游戏手办。不知道的，还以为是走进了某个小型的展览会。

电视屏幕上，还停留着之前的游戏界面。

顾从南坐在沙发上，拿起游戏手柄："你随便坐吧，允许你参观一下，只要不乱碰就行。"

阮粟淡淡道："不感兴趣。"

"……"

顾从南咧嘴，开了游戏："也是，你们这些艺术家，眼光都挺高。"

阮粟视线停在电视屏幕上，隔了几秒才开口："你那个能两个人一起玩吗？"

她这一句话，成功地把顾从南的注意力拉了回来，他似笑非笑地说："你想玩？"

"嗯。"

顾从南好像是诚心想看她笑话一般，把手里的游戏手柄递给她："那你先接着我这局玩吧。"

他这局已经开始了几分钟，刚才又说话耽搁了一下，这会儿已经要输了。

阮粟坐在他旁边，平静地接过手柄。

顾从南往后靠了靠，双手抱着胸，就知道她不会，连马上要输了都不知道，还……

等等！什么情况？

阮粟视线专注地看着屏幕，手上的操作很流利，已经逐渐扳回局面。

顾从南调整了一下坐姿，看得认真了不少。

几分钟后，阮粟放下手柄，转头看着身后看呆了的顾从南："你要一起吗？"

顾从南这才回过神来，压下心里的震惊，觉得她可能只是运气好，他接上另一个手柄，开启了双人模式："来！"

又是一局结束。

顾从南心服口服，扔了一瓶饮料给阮粟，整个人热络了不少："看不出来啊，我以为你是个只会拉大提琴的乖乖女，没想到还是个游戏高手。"

阮粟不知道想到了什么，嘴角浮起一丝笑："我就这个熟悉一点儿，其他的也不会。"

过了一会儿，顾从南问："咦，你说她们在下面聊些什么？"

"不知道。"

"肯定是和我们有关，你都不关心一下吗？"

阮粟沉默了一瞬才道："你妈妈对你挺好的。"

顾从南挑眉："难道你妈对你不好？"

阮粟笑了笑，没接话。

顾从南重新拿起游戏手柄："继续，再来两把，难得遇到对手。"

"好。"

顾从南跟他所表现出来的冷酷不羁不同，活脱脱就像一个热血的"中二"少年。

楼下，方黎神色温和："我刚才观察过了，西米的防备心很重，也不喜欢和外界沟通，治疗起来会有一点儿麻烦。"

周岚紧紧皱着眉，不知道该说什么才好。

"不过你也别着急，西米的情况我已经大致了解了。她现在应该多和同龄人相处，聊聊天，缓解压力，南南和她年纪相仿，很容易就能玩到一起。西米现在是心理问题，要慢慢来，急不得的。"

回去的路上，阮粟坐在后座，一直看着窗外。

周岚从后视镜里看了她一眼，缓和着声音问道："西米，和哥哥玩得怎么样？你要是觉得开心的话，妈妈下次再带你来。"

阮粟收回视线，语调很轻："还行。"

"那就好。"周岚停顿了一瞬后又道，"假期你有想去的地方吗？妈妈都可以陪你……"

"不用，我和同学约好了。"

周岚一时没说话。

阮粟抿了抿唇："假期人多，以后有时间再去吧。"

周岚笑："也行，你定好地方以后就和妈妈说，妈妈来安排。"

"知道了。"

到家以后，周岚没有像往日一样让她练习，只是叮嘱了她两句早点儿睡觉。

阮粟背着大提琴，慢慢回了房间。

洗完澡出来，已经十一点了。

月光的清辉落在窗台上，皎洁又明亮。

"在家里睡了两天，真舒服！"

商场里，安楠伸了一个懒腰，神情惬意又舒适。

阮粟笑了笑，把手里的奶茶递给她："你今天想买些什么？"

安楠接过奶茶，挽着阮粟的手往里面走："这不马上要入冬了，感觉什么都想买。你呢，有什么想买的吗？"

阮粟舔了一下唇，没说话。

她想买一个礼物，送给沈燃。

这段时间沈燃一直陪她练习，还教她打游戏，她真想好好谢谢他。

逛了一圈下来，安楠手里已经提了大包小包的东西，而阮粟手里还是空空如也。

又到了一家女装店，安楠想着阮粟可能已经走累了，便道："西米，你就在门口等我吧，我进去看看。"

阮粟此刻的注意力却不在她身上，闻言轻轻点了点头："好。"

对面，是一家男士品牌店。

里面东西的风格也很简单舒服。

阮粟记得，沈燃的衣服好像几乎都是纯色系的，而且大多数都是黑色。

她在原地站了一会儿后，举步走了进去。

　　导购上前微笑道："有什么我可以帮你的吗？"

　　阮粟是第一次进男装店，多少有些不习惯，耳朵红红的，小声开口道："我想送朋友礼物，不知道什么合适？"

　　"男朋友吗？"

　　阮粟这下脸也红了："不……不是。"

　　导购笑了，介绍道："如果是送普通男性朋友的话，最合适的是钱包和打火机之类的装饰品，男朋友的话，送贴身一点儿的，领带或者是皮带都可以……"

　　阮粟没太明白："为什么要男朋友才可以送领带和皮带……"

　　"因为……送皮带你可以亲手解开啊！"

　　安楠不知道什么时候进来的，此刻就贴在她耳朵边上，笑容暧昧到了极点。

　　导购也在旁边跟着笑。

　　阮粟迅速反应过来她是什么意思，目光一瞬间像是被烫到了，都不敢再去看皮带那个区域，整张脸通红。

　　安楠趴在她肩膀上，朝着她耳朵吹了吹气："西米，你是不是想送给沈老板？"

　　"……"

　　"讲真，你要是送他的话，就送皮带吧，想象一下你送给他的东西，最后被你亲手解开，多带感！"

　　最后，阮粟什么都没买，顶着一张通红的脸，拉着安楠快速离开了那家店。

　　直到走出很远，她脸上的热度都没有消散分毫。

　　安楠忍着笑："好啦好啦，不逗你了。"

　　阮粟鼓了鼓腮帮子："那你帮我想想，送什么东西合适……要正经点儿的。"

　　"好好好。"安楠摸着下巴，"沈老板自己开了家游戏厅，应该还是挺挣钱的，感觉也不缺什么……重要的，是心意。他有什么喜欢的东西吗？"

阮粟摇头："我不知道。"

"你问问呀，送礼物要投其所好嘛。"

回到家，阮粟倒在床上，点开沈燃的聊天对话框，几次打了字都删除。

就这么直接问的话，好像又显得没有什么诚意。

要不……问林未冬？

这个想法刚在脑海里出现，就立即被阮粟给否决了。

上次林未冬在咖啡厅给她说的那些话，就像是深水炸弹一样，让她现在都还没消化过来。

正当阮粟想得出神的时候，手机振动了一下。

她下意识地垂眼，映入眼帘的就是"沈燃"两个字。

有一瞬间，阮粟还以为自己刚才的消息不小心发了出去。

沈燃问："最近要练习吗？"

阮粟拿起手机，嘴角慢慢扬起："嗯……要的。"

沈燃问："明天？"

阮粟回复："好。"

那边，沈燃没有再回复。

明明只有寥寥几个字的对话，阮粟心里却像是被什么甜甜的东西填满。

她放下手机，走到房间中间，拿起大提琴，开始练习。

这两天她的状态，已经比之前好了很多。

晚上吃完饭，周岚道："明天早点儿起来，我们去方阿姨家。"

阮粟愣了一下："不是才去过的吗？"

"你一个人在家无聊，就当是随便走走，放松一下心情。"

"我不想去。"

周岚皱眉，有些不解："为什么？你上次不是和顾从南哥哥玩得挺好的吗？"

阮粟微抿着唇，目光盯着桌面："我和朋友约好了。"

"你今天才和……"周岚说到一半，放软了语气，"西米，你和朋友改天再约行吗？妈妈已经和方阿姨说好了。"

阮粟张嘴，还想要说什么，周岚又道："妈妈最近很累，你乖一点儿好吗？"

虽然她没有直说，但阮粟知道，她是想说，因为她而感到很累。

阮粟唇角抿得更紧，没有回答，起身上楼。

周岚看着她的背影，长长叹了一口气。

阮粟倒在床上，看着头顶刺眼的灯光，微微眯了眯眼睛。

过了很久，她才拿出手机，和沈燃的聊天记录还停留在约好明天练习的页面上。

那时的她，心情和现在是全然不同的。

阮粟把脸埋在被子里，懊恼地捶了捶床，无声地发泄着。

几分钟后，阮粟重新摸出手机，一个字一个字地打着："我明天有点儿事，可能来不了……"

阮粟看着编辑好的那行字，呼了一口气，又全部删除。

她自己也觉得奇怪，明明好像可以改变约定，可她就是觉得很难受。

原来，想见一个人也可以这般迫不及待。

阮粟最终还是没有给沈燃发消息取消明天的约定，她想明天去了之后，看看能不能提前走。

方阿姨人很好，应该不会生气的。

阮粟从被子里拿出了粉红色小兔子抱在怀里，看着天花板，唇角不自觉地扬起，眼睛弯成了一道月牙。

她明天……又可以见到沈燃了。

想想就觉得好开心。

第二天，阮粟一大早就起来，把自己埋在了衣柜里，开始找衣服。

现在降温了，夏天的裙子已经不能穿了。

她最喜欢的，就是这个季节。

阮粟拿了一条烟灰色牛仔裤，一件黑色外套，将头发卷了一下，化了一个淡妆。

下楼的时候，周岚看着她这一身打扮，明显愣了几秒："西米……"

阮粟似乎没察觉到她的不开心，笑容甜甜地道："我们可以走了吗？"

周岚皱了皱眉，到底还是把话收了回去："走吧。"

一路上，阮粟的心情看上去都很不错，偶尔还会哼两句歌。

自从几个月前开始世界巡回演出，周岚已经很久没见她这么开心了，笑着问道："你很喜欢去方阿姨家吗？"

阮粟轻轻"啊"了一声，才点着头道："喜欢。"

"以前是妈妈管你管得太严了，顾从南哥哥和你年纪差不多，家教也好，你以后可以多找他玩玩。"

"好……"

到了方黎家，刚好十一点。

顾从南的父亲今天在家，正和他在花园里组装着烤肉要用的工具。

方黎看着阮粟，温柔地道："西米，阿姨突然把你叫过来，会不会耽误你和朋友出去玩儿？"

周岚正想开口，阮粟就笑了笑："不会，我下午过去就行。"

"看来西米今天真有约，那下午阿姨就不留你了。"

这时候，顾从南过来："你去哪里玩，带我一个？"

阮粟："……"

周岚道："对，跟哥哥一起去吧，有他在我也放心一些。"

方黎拍了拍阮粟的手，声音依旧温柔："要是从南欺负你，你回来告诉我，我一定好好收拾他。"

她亲和得让阮粟完全没有办法拒绝，只能点头。

顾从南站在一旁，唇角勾了勾。

周岚揉着阮粟的头发："好了，你跟哥哥去院子里吧，我去帮方阿姨准备食材。"

阮粟呼了一口气，低着头往院子里走。

她真的能确定，不论是她，还是她母亲，之前都和方阿姨他们家不熟，甚至可以说不认识。

不知道为什么她们明明刚刚认识，关系就能这么好，还让她们来参加他们的家庭聚会。

顾从南的父亲看上去年纪也不大，和顾从南有几分相像。

阮粟和他打了招呼后，坐在了一旁的椅子上。

顾从南走过来坐在她旁边，随手拿了杯果汁喝着，道："是不是觉得我很烦？"

阮粟微微侧头看着他，没有说话。

"你这怪不得我，我妈让我多陪陪你，你是怎么了，哪里不舒服？"

阮粟咬着唇，有个念头几乎要从心底冲出，她克制住自己的情绪，平缓地问出了声："你妈妈……是做什么工作的？"

顾从南道："心理医生啊。"

顾从南向来神经有点儿大，几乎是无意识地脱口而出，说完后，他见阮粟脸色不太对，这才察觉到刚才好像说错话了。

他咳了一声："那什么，下午咱俩一起出去，你要是不想我跟着你的话我们就各走各的，到时候统一一下口径就行。"

阮粟抿起唇角，轻轻嗯了声。

这时候，周岚和方黎从屋子里出来，拿着食材开始烤肉。

阮粟看着她们俩说笑的神情，莫名地觉得有些讽刺……

她之前还在想，她们关系为什么突然这么好。

原来，是因为这样。

在她们看来，她就是一个病人。

肉烤到一半，方黎发现阮粟的情绪好像不太好，她特地把顾从南叫到旁边小声问他，顾从南也如实说了。

方黎皱着眉头，低声斥责他一句后，去找了周岚。

阮粟坐在椅子上，旁边的小桌上放着水果和点心，一样都没动。

她拿出手机看了眼时间，十二点二十分。

"西米。"周岚在她旁边坐下，"你不是喜欢吃这些东西吗，怎么不吃？"

阮粟垂着眸子："没什么胃口。"

周岚看着她，微微皱眉："妈妈之前给你说过找心理医生的事，你也同意了，方阿姨是最权威的心理医生，你知道我找她有多不容易吗？我花了很长的时间才……"

阮粟感觉太阳穴抽着疼，她声音很轻："我知道，我也没有怪你。"

"西米，妈妈能做的已经都做了，剩下的只有靠你自己，明白吗？"

阮粟放在膝上的手慢慢收紧，脑袋垂得更低了。

方黎走过来，温柔地打破这个沉默："西米，肉烤好了，快去吃吧，你一会儿不是还和朋友约了吗？"

阮粟站起身，朝她微微鞠躬："谢谢方阿姨的款待，我吃饱了，就先走了。"

语毕，转身离开。

"西……"

周岚刚想叫住她，就被方黎拉住，后者拍了拍她的肩，示意她安心，让顾从南跟了上去。

出了顾家，阮粟刚想打车，顾从南就跟了出来："你去哪儿？我送你。"

阮粟道："不用了，我打车就行。"

顾从南挑了一下眉头，没有继续说下去："行，晚上的时候再来对口径吧。"

"谢谢。"

阮粟低声说了两个字，走到前面的路口。

她真的一分钟都不想在这里待下去了。

那种从四面八方升起来的窒息感和无力感将她紧紧包围，几乎让她喘不过气来。

她只想用最快的速度逃离。

车子一停下，阮粟就立即坐了上去。

阮粟紧紧握着手机，漫无目的地看着窗外，视线逐渐失去焦距。

四十分钟后，车在游戏厅外停下。

阮粟站在门口，脚步最终没有迈出去。

或许在别人眼里，她就是一个病人，一个……精神不正常的人。

她现在的状态好像很不好。

她不想这样去见沈燃。

阮粟往后退了几步，走到巷子口蹲下，摸出手机给他发了一条信息，将脑袋埋到膝盖里。

她现在能做的，只剩下逃避。

第13章
想了解你

浅淡的阳光逐渐散去，整个天空都是阴沉灰蒙的，冷风肆虐着。

一滴雨水落到阮粟手背上，冰冷又刺骨。

她依旧维持着原有的姿势蹲在那里，没动。

很快，密集的雨点开始落下，顷刻间便打湿了道路。

而阮粟身上，却没有再淋到一点儿。

她睁开眼，透过臂弯的缝隙看着地面。

旁边的坑洼里已经积了水，不住泛起涟漪，小幅度地荡漾着。

阮粟慢慢抬起头，男人挺拔修长的身影出现在视线里，所有的喧嚣，仿佛都被他挡在了身后。

沈燃屈膝蹲在她面前，抬手轻轻揉着她头发，嗓音低沉缓慢："怎么了？"

阮粟鼻子一酸，紧紧咬着下唇，想说自己没事，却怎么都无法说出来。

好像她一开口，竭力压制的情绪便会从喉咙里冲出来。

沈燃舔了下薄唇，放在她头顶的那只手改了方向，放在她后背，将她抱在了怀里。

阮粟脑袋靠在他胸口，握紧的拳头逐渐放松，改为拽着他的衣角。

哭声终于抑制不住地从唇间溢了出来。

沈燃什么也没说，只是一下一下，动作轻柔地拍着她的背。

耳边，是雨水杂乱无章地打在地面上的声音。

过了许久，阮粟才从他怀里出来，看着他胸口的水渍，哽咽道："对不起……又把你衣服弄脏了。"

沈燃笑了下："没关系。"顿了顿，他又道："还能站起来吗？"

阮粟点着头，手撑着墙，刚想站起来，可因为蹲久脚麻了，她一时失重，又跌了下去。

沈燃扶住她纤细的手臂，嗓音很低："慢慢来。"

站起来那一刻，阮粟头有些晕，眼前都是黑的，小腿麻得厉害，一动就难受。

"拿一下。"沈燃把伞递到她手里，重新蹲下，伸出的手似乎停在半空中犹豫了几秒，才轻轻地捏着她的小腿。

幸好小姑娘今天穿的是裤子，不然他还真没办法。

阮粟低头看着他，不自觉地握紧了伞柄。

林未冬的那句话反复在她脑海里回响着。

——"离不开你的那种喜欢，和你分开就会要死要活的那种喜欢。"

抛开这句话本身，她更想知道，沈燃到底经历过什么。

就在她想得出神的时候，沈燃已经站在她面前："好些了吗？"

阮粟收回思绪，朝他扬起笑："好了。"

沈燃挑了下眉头，接过伞："去练习室？"

阮粟摇头："我没带大提琴，我们今天去玩吧。"

"有想去的地方吗？"

阮粟再次摇头，她几乎没怎么出来玩过，唯一去过的地方就是沈燃的游戏厅。

沈燃道："那我带你去个地方。"

小姑娘仰起头看他："是之前去的那个电玩城吗？"

"不是。"

下雨不好打车，排队又排到了一百多号。

阮粟轻声："要不我们还是走路去吧？"

沈燃想了一下，收起手机："行。"

要去的地方离这里不是很远，走路差不多半个小时的路程。

阮粟走在沈燃身边，双手因为紧张绞握在一起，隔了一会儿才开口："你……是从什么时候开始开游戏厅的啊？"

街道上没有什么行人，四周车辆也很少。

时不时有一阵凉风夹杂着冰冷的雨水吹来，空气中满满都是初冬的味道。

沈燃单手握着伞柄，耳边，是小姑娘软软糯糯的声音。

他唇角微抿，隔了一瞬才低低开口："三年前。"

阮粟点了点头，似乎还想问什么，但终归是没有继续开口。

沈燃眉梢挑了挑，语调带着不易察觉的诱惑道："想知道我开游戏厅以前，在做什么吗？"

其实阮粟本身，就是想问这个，只是不知道该以什么样的方式来问。

这下听他提起，她几乎是没有犹豫地下意识点头："想……"

沈燃黑眸浮起笑意，薄唇勾起淡淡的弧度，嗓音听不出什么情绪："之前是打游戏的，和现在性质差不多。"

阮粟摇了摇头："不一样的。"

她也不知道该怎么去解释这个差别，憋了半晌才道，"曾经也有过人说，我就只是个拉大提琴的……"

一路走来，她其实听到不少这样的言论。

外界不了解他们的，都会用自己的方式去定义。

无论是她，还是沈燃，都被这样误解过。

正是因为如此，她才能听出沈燃语气里的自嘲和无奈。

沈燃侧眸，视线落在她脸上，目光炙热。

过了很久，他低沉的嗓音才缓缓响起："嗯，不一样的。"

阮粟扬起笑，眼睛里光线明亮又柔和。

很快，到了目的地。

阮粟看着门口的那几个字，微微歪头，3D错觉艺术馆？

虽然是假期，但因为今天大雨的缘故，没有什么人来，所以整个馆里人很少，安静又自在。

沈燃去买票时，老板看着站在不远处的阮粟，露出了暧昧的笑容："女朋友啊？"

沈燃回头看了下，薄唇微勾。

没承认，也没否认。

老板把票给他："咦，晚上有时间一起吃个饭啊，林未冬最近忙什么呢？好久都没看到他了。"

"忙着找不痛快。"

沈燃接过票，又买了两瓶热饮，迈着长腿朝阮粟走过去。

阮粟道："你以前来过这里吗？"

她刚才看到他跟老板聊天，感觉很熟的样子。

"嗯，林未冬他们爱来玩，来过几次。"

阮粟眼睛亮亮地说："看上去很有意思的样子。"

沈燃笑："进去吧。"

进门后，阮粟觉得自己像是到了一个奇妙的，从来没接触过的世界。

艺术馆里的所有东西，仿佛都脱离了现实的轨道，很多东西完全看不过来，新奇又刺激。

阮粟看到一个卡通人物，以为是真的玩偶，跑过去摸了摸，才发现只是一堵墙而已。

视觉效果太厉害了。

紧接着，阮粟又看到其他好玩的东西，连忙跑了过去。

沈燃不紧不慢地跟在她身后，薄唇含笑。

阮粟跑进一个门里，探出脑袋朝他招手，笑容明媚："你快来看，这里所有东西像是浮在空中的啊。"

说完，她才意识到，沈燃已经来过好多次了，肯定已经见惯不怪了。

阮粟正要缩回脑袋的时候，沈燃已经走到她面前，看了一眼她身后："去玩吧。"

整整一下午的时间，阮粟都和沈燃待在体验馆里，直到天快黑了才出来。

外面雨已经停了。

站在电梯里，阮粟的心情明显比来之前好了很多，眼睛弯弯的，道："我们下次还能来这里玩吗？"

沈燃挑眉："随时都可以。"

阮粟低下头，唇角的笑容不断扩大。

到了门口，阮粟的手机响起，是顾从南打来的，问她在哪里，他母亲已经打电话来催了。

阮粟不想让他知道这个地方，便说让他在他家别墅门口等她就行。

挂了电话，阮粟道："我要回家了，我妈妈已经在找我了……"

沈燃舔了舔唇："好，路上小心。"

阮粟朝他挥了挥手："再见……"

等阮粟上车后，沈燃才朝相反的方向走去。

回到游戏厅，林未冬正靠在收银台上打哈欠："沈哥，今天又带我们……西米，去哪里玩了？"

沈燃懒懒的坐进椅子里，摸出烟盒敲了支烟出来咬在唇间，点燃。

吐了口薄烟，淡淡开口："错觉体验馆。"

"……"

林未冬已经不想吐槽沈燃的这种"骚操作"了。

以前他不知道要费尽多少心思才能把这位哥拉出门，现在好了，沈燃不仅天天往外面跑，还去了他以前觉得最无聊的地方。

果然爱情的光芒能使人盲目。

沈燃掸了掸烟灰，打开电脑，语调散漫地问道："现在账上还有多少钱？"

"刚交了房租，账上就剩二百五十元了。"

沈燃："……"

他打开账目表，清晰地看到了最下面标红的数字。

沈燃抬手摁了摁眉心："你那里还有多少钱？"

"连二百五十元都没有。"

沈燃扫了一眼旁边这个月需要缴费的账单，关了电脑上的表格。

林未冬见机会来了，凑上去道："沈哥，要不咱们趁这机会把这个破游戏厅关了吧，反正也不盈利，做点儿其他的。"

"你想做什么？"

"比如……打个比赛什么的。"林未冬这话说得没什么底气。

沈燃懒得理他，修长的手指在键盘上敲击着："行，你去。"

林未冬嘴角抽了抽："我要是会打的话，还用得着跟你在这里磨嘴皮子……"

林未冬话还没说完，突然瞥见电脑屏幕，顿时眼睛都亮了。

沈燃声音不冷不淡："一个星期后的OW①个人赛，第一名奖金三十万。"

"一个星期？会不会太快了些……"

林未冬的最终目标是让沈燃参加三个月后的KOT冬季赛，他想三个月的时间，沈燃加紧训练的话，想要找回巅峰时的状态应该没有太大的问题。

可一个星期……实在是太仓促了一些。

而且这个比赛，报名好像已经截止了。

沈燃碾灭烟头，视线盯着屏幕："不仓促，时间正好。"

最近蒋文舟找他的次数比以前多了几倍，很明显他们那边已经等不下去了。

现在他们的视线一定会放在OW个人赛上，到时候肯定会想方设法挖选手过去来填补战队的空缺。

林未冬道："那……报名的事怎么办？"

---

① 一种电竞比赛的名字。

"不用报名，我接到了大赛的邀请函。"

回到家，周岚什么也没说，回了房间。

阮粟在客厅里站了几分钟后，才缓缓走过去，轻轻敲响门。

很快，周岚拉开门，一脸疲惫地看着她："怎么了？"

阮粟垂在身侧的手收紧："我们还去方阿姨家吗？"

"你不想去就不去了。"

方黎说，阮粟现在的情况急不得，尤其不能让她产生抵触情绪。

阮粟抿了抿唇。

周岚道："没什么事的话我先睡了，你也早点儿休息……"

"我接受治疗。"

周岚一时没有反应过来，愣了几秒才问："你说什么？"

阮粟轻声重复道："我接受治疗。"

阮粟再次见到方黎，是在她的诊疗室。

方黎穿着白大褂，笑容温柔亲和："西米，咱们来聊会儿天好吗？"

阮粟点头："好。"

"你昨天，没有和南南一起去玩吧？"

她儿子她最清楚，只要说谎她就能看得出来。

方黎拍了拍阮粟的肩膀，温声道："西米，放心，我不会告诉你妈妈的，我只是想和你聊聊天。"

隔了一瞬阮粟才道："我昨天去了其他地方，见了一个朋友。"

"这个朋友和你关系一定很好。"

阮粟唇角浮起笑，目光柔和了几分："嗯，他对我很好。"

"你和他在一起，心情会有所好转吗？"

"会。"

"他对你来说重要吗？"

阮粟几乎是毫不犹豫地回答："重要。"

方黎继续道："如果让你在大提琴和他之间选择一个，你会怎么选择？"

阮粟大概没料到她会这么问，一时不知道该怎么回答，眼神里透露着茫然。

方黎笑了笑："没事，你可考虑一下再回答我。"

她喃喃道："我可以……不选择大提琴吗？"

"当然可以，遵从你内心的想法就好。"方黎知道她是在为什么担心，又道，"西米，你跟我说的所有话我都不会告诉你妈妈，这是我们两个人才知道的秘密。"

阮粟睫毛颤了颤，牙齿咬着下唇，没有立即开口。

方黎也不着急，而是静静地等着。

过了几分钟，阮粟才小声道："之前的很长一段时间里，我都觉得我所有的压力是来自于大提琴，所以我也会想，如果我放弃它，那些困扰着我的东西是不是就会消失不见……

"但我最近才意识到，我只是把所有情绪宣泄到了大提琴上，问题的本身，还是在我自己。是我担心太多，顾虑太多，害怕太多。

"在他们之间，我做不出选择，因为都是我最……喜欢的，我不会放弃。"

阮粟怎么都想不到，她会在这种场景，这种地方，对沈燃表白。

话说出来那一刻，她脸微微有些红，放在膝上的手攥紧，却没有一丝后悔。

虽然不合时宜，但这是她内心最真实的想法。

方黎柔和地笑了笑："那你愿意为了他，重新回到舞台上吗？"

"愿意。"

只有重回舞台，她才有勇气站在他面前，而不是以现在这样一副病态的模样。

从今以后，她的梦想，不再是孤军奋战。

假期剩下的时间里，阮粟几乎是在诊疗室里度过的，晚上回家的时候就把自己关在房间里练习。

阮清山来找过阮粟一次，在周岚和他吵起来之前，阮粟回到了房间里。

到了返校的那天，周岚摸了摸阮粟的头，难得地露出了笑容："西米，你最近表现得很好，等校园音乐节结束了，妈妈就答应你一个愿望。"

阮粟手拉着大提琴的背带，眼睛亮了几分："什么都可以吗？"

"当然，妈妈说话算数。不过你也要答应妈妈，一定要加油。"

阮粟点头："好。"

周岚欣慰地拍着她的肩膀："妈妈去拿车钥匙送你去学……"

"不用了。"阮粟朝门口跑了几步，转过头朝她挥手，笑容甜甜的，说："我自己打车去就行了。"

去游戏厅的路上，阮粟一直看着车窗外。

之前阴沉了好几天，今天是难得的好天气，阳光暖暖的。

阮粟舒适地眯了眯眼，唇角弧度浅浅的。

她刚到游戏厅外，就看见林未冬正出来，后者打到一半的哈欠生生地憋了回去："沈燃去练习室等你了……"

阮粟脚步顿住："谢谢。"

紧接着，又朝另一个方向跑去。

林未冬看着她有些雀跃的背影，心都在滴血。

他清纯又漂亮的西米啊，就这么便宜了沈燃！

练习室门口，沈燃斜靠在墙壁上，薄唇间松松垮垮地咬着一支烟，眼皮懒懒的垂着，漫不经心地把玩着手里的打火机。

像极了阮粟第一次见到他时的样子。

楼道昏暗寡淡的灯光映照在男人侧脸上，将他的轮廓衬得更加深刻。

烟蒂的星火忽明忽暗，在这陈旧的小楼里，有种积累了数年才有的沉静。

阮粟有时候觉得沈燃的眼神很淡，有时候又觉得他的眼神很明亮，更多时候，觉得他眼睛里藏着东西。

可她却始终无法透过那一层，看清楚他的情绪。

在原地站了一会儿后，阮粟举步走了过去："等很久了吗？"

沈燃轻轻抬眼，顺手碾灭了烟头："没有，刚到。"

坐在凳子上，阮粟看着站在窗口的男人，嘴角弯了弯，窗外的阳光仿佛住进了心里。

她调整了一下自己的呼吸，闭上眼睛，拿起琴弓……

这首曲子，她这些天已经在家里练习了无数遍。

一定可以的。

三十秒后，这间练习室里，第一次响起大提琴纯音乐。

阮粟拉的是《莱茵河之恋》，曲调轻快又明亮，还带着一丝甜甜的气息。

莱茵河畔清透的风，波光潋滟的湖面，一对情侣手牵着手，共同漫步的画面仿佛清晰地在眼前呈现。

沈燃视线落在小姑娘怀里的大提琴上，薄唇勾起，黑眸里温度柔和。

一曲结束，阮粟才慢慢睁开眼睛，笑容明媚又灿烂，但眼角却是湿润的。

阮粟放下大提琴起身，快步走到沈燃面前，一头扎进他怀里，声音是哽咽的，说："我终于，做到了……"

这么多个日夜里，她真以为，她要离开音乐这条路了。

沈燃手轻轻放在她脑后，嗓音低沉含笑："很棒。"

等他们回到游戏厅，林未冬眼尖地发现阮粟脸是红的，眼睛还有些湿润。

他一口气差点儿没上来，沈燃这个坏东西，对他家西米做什么禽兽不如的事了？

那边，沈燃低头轻声对阮粟说了什么，小姑娘点了点头，取下大提琴交给沈燃，走到了投篮机面前。

沈燃拿着大提琴走到收银台，放在了角落里。

林未冬凑过去："你是不是欺负人家了？"

沈燃语调散漫，懒懒地回应道："嗯？"

"……"

算了，他们两个好着呢，他瞎操那个心干吗？

沈燃道："告诉他们，晚上一起吃饭。"

林未冬疑惑地道："嗯？"

他不可思议地问："你哪里来的钱？"

沈燃手指点了点收银盒，微微挑眉："这几天不是有进账吗？"

林未冬："……"丧心病狂！

沈燃走了几步，又转身回来："对了，告诉他们，不准抽烟。"

进了房间，沈燃摁开电脑，登录游戏。

弹出来的依旧是蒋文舟的消息：【听说你要参加OW个人赛，到时候方便单独聊聊吗？】

沈燃黑眸冷淡，唇角扯出一抹轻嘲，直接点了关闭，戴上耳机。

下午五点有一场比赛，会根据这次的名次来安排三天后的对阵顺序。

阮粟在篮球机前玩了一会儿，又去抓娃娃。

她可能真的没有这方面的天赋，怎么都抓不出来。

里面的那些丑娃娃，看久了还觉得怪可爱的。

阮粟手指放在玻璃上戳了戳，笑容浅浅的。

"喜欢哪个？"低沉而有磁性的男声在耳边响起，温热的气息喷薄在她耳边，带着淡淡的沐浴露香味。

阮粟从耳朵开始迅速泛红，蔓延到了整张脸，握着操纵杆的指尖隐隐发麻。

尽管内心已经如同山呼海啸，但她还是保持着平静："没有特别喜欢的，我就是随便玩玩。”

其实她更怕她说喜欢哪个，沈燃又像上次一样打开锁直接拿给她。

没有特别喜欢的。

沈燃视线放在那一堆玩偶上，不动声色地舔了舔薄唇。

确实，太丑了。

他慢慢直立起身，屈指在玻璃上敲了一下：“饿不饿？”

“还好。”阮粟抬头看着他，这才注意到沈燃换了身衣服，“你忙完了吗？”

“嗯，吃饭去。”

现在天气转凉，外面黑得早，不过下午六七点的时间，已经是灰蒙蒙一片。

今天在游戏厅玩的这些人，阮粟基本都认识，虽然有些叫不出名字，但都见过好几次，有几个之前还一起吃过饭。

一群二十来岁的年轻人说说笑笑，打打闹闹地走在前面，看上去好像无忧无虑、没有烦恼似的。

阮粟和沈燃走在最后，路灯将两人的影子无限拉长。

阮粟双手交握，咬了咬唇：“我可能……会参加校园音乐节，你到时候能来吗？”

有你在，我才不会紧张。

后面那句话，阮粟没有说出来。

这些话，她想等到成功谢幕之后，再来说。

沈燃唇角弯了弯，嗓音清冷而有磁性：“当然。”

听到他的回答后，阮粟低下头，嘴角笑容不住地扩大。

晚饭吃的是火锅，他们一共有十多个人，在包间里坐了一个大圆桌。

点酒水的时候，沈燃刚给阮粟点了一瓶牛奶，衣角就被扯了扯，他偏过头，小姑娘漂亮的眼睛亮亮的，带着小心和好奇，说：“我可以喝酒吗？”

"以前喝过吗？"

阮粟摇头："没有。"

但她一直想尝尝那是什么味道。

沈燃挑了挑眉，点单的时候取消了牛奶，酒的数量还是之前那么多，没有增加。

饭桌上，不知道是谁先起的头，聊起了这次的OW单人赛。

"我听说这次比赛的第一名会直接加入STG，这简直是一步登天啊，早知道我当初就不该放弃电竞这条路，说不定这次机会就是我的了。"

"什么一步登天，别人也很强的好吧，尤其是那个Burn，我听说之前连蒋文舟都差点儿输给他了。"

"可他的状态不稳定啊，忽高忽低。"

"这你就不懂了吧，都是战术，我敢保证，这次的SOLO赛，第一名肯定是Burn的。"

"天啊，真羡慕这位大神，我也想加入STG。"

秦显道："自从Dawn退役后，STG就越来越不行了，你们没发现蒋文舟今年一直在培养新队员吗？"

很久没听到这熟悉的名字了，林未冬被水呛到一嗓子，咳了两声后，转过头去看沈燃，发现当事人神情淡淡的，一点儿反应都没有，仿佛他们讨论的，只是一个和他毫不相关的陌生人。

有不知道的人问道："Dawn是谁啊？"

另一人回答道："STG的前队长，大神中的大神，电竞的半壁江山都是他打下来的，只可惜后面……"

林未冬生怕他们说出什么不该说的话来，连忙出声道："你们是出来吃饭的还是八卦的呢？一群大老爷们儿，跟群鸭子似的，嘎嘎嘎也不嫌烦。"

众人："……"

平时这种聚会闹得最开心的就是林未冬，他这是哪里来的脸说他们呢？

林未冬反正脸皮厚，面对他们的这种鄙夷只当没看见。

好在这时候服务员上菜，正好把这个话题打断。

阮粟静静喝着水，唇角抿了抿。

如果她没记错的话，她之前在网上搜沈燃，出现的关键词就是Dawn。

沈燃也说过，他之前是玩游戏的，说专业一点儿，就是电竞选手。

阮粟握着杯子的手收紧，心跳快了几分。

所以说，Dawn可能就是沈燃？

他以前……那么厉害！

沈燃眼底没有丝毫波澜，接过服务员递来的酒，倒了一杯放在阮粟面前："尝尝？"

阮粟收回思绪，应了一声，双手拿着，小小抿了一口。

沈燃薄唇勾了勾，低声问道："怎么样？"

小姑娘舔了舔唇上残留的酒水："味道怪怪的，但好像不难喝。"

比烟的味道好多了。

阮粟仰头，把杯子里剩下的啤酒全部喝下，眼巴巴地看着沈燃："我还能再能喝一杯吗？"

沈燃道："酒不是什么好东西，少喝点儿。"

饭桌上的所有人看着自己面前至少两三瓶的酒："……"

小姑娘放下杯子，声音软软糯糯的，乖巧到了极点："那好吧。"

饭桌上，一群男生边喝酒边聊天，气氛热火。

阮粟食量不大，没吃多少就饱了。

现在时间还早，她不急着回去。

而且听他们聊天挺有趣的，也很热闹。

过了会儿，阮粟手机响了一下，是安楠发来的，问她回学校了没，如果还没回的话，等会儿帮她带个卫生巾。

阮粟回了个"好"字，刚把手机放下，沈燃便偏过头，低低地问道："吃饱了吗？"

"差不多。"

"他们还有一会儿，我先送你回去。"

阮粟想着还要帮安楠带东西，便轻轻点了点头。

离开时，她给他们打了声招呼。

这群男孩子都是和阮粟差不多大的年纪，之前在游戏厅也见过好几次了，还是挺熟的，听说她要走了，本来想让她再玩会儿的，但看到沈燃和她一起起身，瞬间声音就吞到了肚子里去了。

等他们两人离开，有人道："我憋了一晚上了，沈哥那什么情况啊，到底把人追到手没有？"

有声音附和道："对对对，我也想问，感觉他们两个之间吧，特别微妙，就怎么说呢，像是在一起了，但又有一点儿距离感，就怎么都对不上那个感觉。"

几个人讨论了一阵后，纷纷把目光投向了林未冬，寻求答案。

林未冬苦涩地喝了一杯酒："我这么跟你们说吧，你们今晚这顿饭，是沈燃那个……"

他忍了忍还是把脏话憋了回去，"为了给我们家西米庆祝，不然你们哪里凉快哪里待着去！"

这两天好不容易进的账，一顿饭就被挥霍完了，败家玩意儿！

林未冬旁边的人用手肘捅了捅他："我就说那个女孩子怎么看起来有点眼熟，就是那个天才大提琴少女吧？"

"什么什么？什么天才大提琴少女？"

他们大多数人对音乐这方面不感兴趣，更加没有了解，之前也不知道阮粟是谁。

林未冬给他们科普了一番后，众人一片唏嘘声。

秦显咂舌道："难怪沈哥追了那么久都还没追上……"

"情有可原。"

"合情合理。"

林未冬这会儿的心思倒不在这个上面，问道："你们刚才说的那个

Burn，很厉害吗？什么时候出来的？"

"有两年了吧，怎么说他呢，看上去状态好像忽高忽低的，但也从来没跌出过前十。"

林未冬沉默两秒，补了一句："也没拿过第一。"

"对。"

SOLO赛第一，一直都是蒋文舟。

秦显道："我听说蒋文舟一直很想签他，但对方好像没什么回应。这次OW的SOLO赛，蒋文舟一定会去找他的。"

也就是说，这次的比赛，蒋文舟会去现场。

林未冬叹了口气，紧锁着眉头，照他们这样说的话如果不出意外，第一应该就是那个Burn，沈燃到底有没有谱啊？

不是他不相信沈燃，只是……以前就不说了，自从决定参赛到现在，他就没看到沈燃练习过！

林未冬略微有些忧伤，打开手机看了一下比赛排名，目光停顿在Burn的名字上。

恨不得把那几个字母盯出一个窟窿来。

为了提前了解对手，林未冬还特意去看了一下他的赛事回放。

越看越觉得哪里怪怪的。

就在林未冬百思不得其解的时候，他再次看向Burn那几个字母。

天啊！！！

入了秋的夜晚总是比白天低好几度，空气里都弥漫了湿冷的味道，仿佛随时都会来一场阴绵的小雨。

道路两旁，都是三三两两回学校的学生。

阮粟看着前面手牵着手、姿态亲密的情侣，忍不住偷偷侧过眼看了一眼沈燃，心跳快了几分。

男人右手推着她的行李箱，左手插在裤兜里。

冷峻的五官在路灯半明半暗的光线中，显得尤其深刻。他黑眸里的所有情绪，都被夜色所笼罩，如同化不开的墨。

阮粟不自觉地抿起唇角，即便她不知道沈燃过去发生了什么，但她大概能猜出来，他始终不愿意提起的那些东西，远比她想象得更多，更复杂。

她应该……怎么做，才能让他走出来？

就在阮粟想得有些出神的时候，肩膀突然被人搂住，她完全没有防备，往旁边跌了一步，摔在了男人温热的胸膛里。

前面骑自行车的一个男生转过头来，抱歉地道："不好意思啊，没事吧？"

沈燃侧过头，眉头微蹙，低声问道："有撞到哪里吗？"

阮粟摇头："没有……"

男生又接连道了两句歉以后，才离开。

阮粟这才意识到她还靠在沈燃怀里，她捏了捏衣角，却没有退开，只是仰头望着他，压在心底的那些话，好像压制不住般即将冲出喉咙。

沈燃垂眸，看着小姑娘湿漉漉的眸子，以为她是被吓到了，抬手揉了揉她的头发，嗓音很低："乖，没事。"

"沈燃，我……"

"嗯？"

阮粟咬了一下自己的舌头，强迫自己冷静下来，指向旁边的超市："我想去买东西。"

沈燃轻笑了声："去吧。"

阮粟红着脸，快速朝前走去。

进了超市之后，阮粟才想起自己是来买什么的，猛地停住了脚步。

沈燃道："怎么了？"

阮粟神色有些不自然，耳根泛起淡淡的红晕："那个……你能去外面等我一下吗？"

沈燃挑眉，抬眼时，看见了不远处货架上的东西，舔了下唇："好。"

等沈燃出去后，阮粟用最快的时间买了两包卫生巾，结完账又连忙塞进了自己的包里。

她走到门口，看见沈燃正站在花坛旁抽烟，身姿挺拔修长。

阮粟小跑着走了过去："我好了，走吧。"

沈燃碾灭烟蒂，音调低沉："等我一下。"

小姑娘乖乖地点头。

沈燃转身，重新进了超市，没多会儿便出来，又进了超市旁边的药店。

买这些东西他用了总共不超过十分钟的时间。

把小姑娘送到宿舍之后，沈燃把手里的两个袋子递给她："回去好好休息。"

阮粟开心地接过："明天见。"

沈燃勾唇："明天见。"

阮粟朝他挥了挥手后，转身上楼。

等上了电梯，她才打开沈燃给她的袋子，当看到里面的红糖水和暖宝宝时，脸腾一下红了个遍。

她想起在超市里买东西的场景，沈燃该不会以为是她……来了那个吧。

阮粟捂着滚烫的脸，把自己缩在了电梯角落里。

实在是，太丢人了。

第14章
恋爱知觉

阮粟回到宿舍的时候，陈尤安正在练习，安楠趴在床上追剧。

看见她回来，安楠放下手机起床："西米宝贝，这么晚回来，是不是和沈老板约会去了？"

旁边，正在练习的陈尤安手上的动作一顿，竖起了耳朵。

阮粟脸上的红晕还没有散去，把卫生巾从包里拿出来塞给安楠："哪有，沈燃请他们吃饭，很多人一起的。"

说着，阮粟又把沈燃买的那一袋东西给她："这个也给你。"

安楠看了一眼，开心地伸手抱住她："西米，你也太贴心了吧，还给我买红糖水，爱死你了！"

阮粟耳朵红红的，说："这是……沈燃买的。"

安楠："？"

"他以为是我那个……"阮粟越说越不好意思，把安楠推开了一点儿，"好了，你快去喝吧，我收拾衣服了。"

"行行行。"安楠把袋子放在了桌上，挤眉弄眼地笑道，"不过沈老板给你买的爱心红糖水我就不要啦，你留着慢慢喝吧。"

安楠说完后，直接拿着卫生巾跑进了厕所。

阮粟无奈地一笑。

她刚把行李箱拉开，陈尤安的声音就传来："你真谈恋爱了？和那个打篮球的？"

阮粟抬头看着她："有事吗？"

陈尤安放下大提琴站起身，抱着胸冷哼了声："阮粟，你就一点儿都不担心你现在的状况吗？竟然还有闲心去谈恋爱。"

"哦，我的状况很好，谢谢。"

听见阮粟不咸不淡的回答，陈尤安有种伸手打在了棉花上的感觉，气完全发不出来。

阮粟这个性格也太讨厌了吧，架都吵不起来，还不如里面那个大嗓门呢。

陈尤安继续道："反正音乐会的那个独奏我是不会去的，你要丢脸就自己丢脸好了，别扯上我。"

阮粟将粉兔子拿出来，放在了床上，默了几秒后才开口："知道了。"

放假前老师就给她母亲打过电话，说陈尤安那边拒绝了独奏演出，还是希望她能上台。

阮粟把所有东西都收拾好，转过头看着桌上的红糖水和暖宝宝，脸上又恢复了笑容。

离音乐节只剩三天了。

等那之后，她就可以把想说的话都说出来。

半夜，阮粟躺在床上，将小兔子抱在怀里，盯着手机屏幕半天，才一个字母一个字母地输入了单词。

"Dawn！"

页面上，弹出来的还是之前那几条关键词。

阮粟直接忽略了这些，往下继续翻。

她翻了许久，终于找到了人物介绍。

"Dawn，STG前队长，十八岁开始打职业赛，22岁退役，曾被誉为电竞圈不败神话。"

再往下，就是一些没有用的信息。

阮粟想了一会儿，探出个脑袋来："阿楠，你平时玩游戏玩得多吗？"

安楠回道："多啊，什么类型的我都玩，怎么了？"

阮粟抱紧了怀里的小兔子，声音隐隐有些紧张："那你知道Dawn吗？"

安楠摇头："好像没听过。"

"好吧……"

阮粟刚要缩回脑袋，一道三分冷淡七分不屑的声音传来，说："我知道。"

陈尤安话音落下后，阮粟和安楠都齐刷刷地看向她。

见状，陈尤安慢慢坐了起来，神情傲娇："四年前，我去看过他打比赛，打得还挺不错的。"

安楠撇嘴："你不是一向痴心于大提琴吗，竟然还会去看电竞比赛？"

"我放松放松自己怎么了？"

陈尤安这个人，除了在大提琴这条路上不停追赶阮粟之外，还喜欢去看各种各样的比赛。

她享受每个比赛场上胜利的那个瞬间。

陈尤安看了眼阮粟，说道："说起来他也跟你差不多，都是外界传得厉害，压根儿名不副实，有一次比赛竟然只拿了第三名，之后没过多久就退役了。"

安楠趴在枕头上："他长得帅吗？"

"我怎么知道！"

"你不是看过他打比赛吗？"

陈尤安翻了个白眼："隔得那么远，我怎么看得清楚，你自己不会去网上搜照片吗？"

安楠道："搜了啊，没找到，三年前电竞还没现在这么火，没……"

她话还没说完，视线猛地顿住："我晕，他是STG的前队长？！"

陈尤安无语："不然呢，一般的角色配我记住吗？"

安楠道："对对对，我想起来了！我听说过STG的前队长，那是个超级大神啊，据说当时他在的时候，蒋文舟连他一根手指头都比不上。打比赛的时候嚣张霸道，在他眼里就没有对手两个字，全是手下败将。"

阮粟静静趴在床上，轻轻抿着唇。

她刚才也查过STG了，现在是国内最大的一支电竞战队，在过去的几年间多次出国参加比赛，拿奖无数。

沈燃也曾经，站在世界的赛场上。

过了会儿，安楠冷静了下来，翻着手机上的新闻："西米，你怎么突然问起Dawn啊？我看了看，他的风评好像不太好……"

阮粟收回思绪："网上的，应该都是谣传。"

陈尤安插话："你又知道了，万一是真的呢？"

阮粟淡淡地开口："你不也经常跟其他同学说我摆架子，在宿舍里欺负你吗？"

"我……"

其实陈尤安也没有直接说阮粟欺负她，不过意思倒是那么个意思，至于剩下的，都是那些人以讹传讹夸大其词传出去的。

她不屑地哼了一声，重新倒在床上。

阮粟默了默又开口说话，语气认真严肃："他和我不一样，他是真的很厉害。而且如果是真的一样……"

阮粟低下头，像是在自言自语："我会重新回到舞台上，那他也会重新回到赛场上，这才是一样的。"

她现在大概明白了林未冬当时的那些话是什么意思，三年前发生的事，给沈燃造成了很大的伤害，所以他才会选择退役。

既然已经知道了原因，那她就可以开始想办法了。

安楠道："好啦好啦，不说别人了，时间不早了，快点儿休息吧，明天还要上课呢。"

阮粟点头，说了声晚安后，缩回了被子里。

她拿起手机，页面上还停留着一个小时前，她和沈燃互道晚安的对话。

阮粟唇角弯了弯，将小兔子抱得更紧了一些。

游戏厅里，沈燃推开门就看到林未冬埋着脑袋在收银台前，不知道在研究什么。

他单手插在裤兜里，缓步走过去，伸手敲了敲台面，语调散淡："我要关门了。"

林未冬啧了一声，拿起手机，把屏幕转向沈燃："沈哥，打得不错啊。"

沈燃瞥了一眼，神色不变，只是摸出烟盒敲了一支烟出来，咬在唇间。

林未冬道："不是，我就不明白了，你瞒着我是个什么意思啊？"

早知道沈燃从两年前就开始重新打比赛，他也能多多少少省点儿唾沫，少说点儿话，也省得成天跟个老妈子似的絮絮叨叨的。

沈燃吐出一口薄雾，掸了掸烟灰，嗓音淡淡地道："说不出口。"

林未冬讶然，愣了一瞬后，便明白过来了。

当初沈燃退役，从那个赛场离开的时候，决绝而不留余地。

他所有的钱，全部拿给战队赔了违约金。

在这样的情况下，没有一个人会认为沈燃还会再回到赛场。

包括林未冬也是这么认为的，所以他才会拿着他仅剩的家底，来和沈燃一起开了这家游戏厅。

那时候的他们，都是人生中最迷茫黑暗的时候，生命里没有一丝光，完全看不见未来在哪里。

这三年的时间，也就真的是浑浑噩噩、碌碌无为地过下去。

可能是他最近慢慢缓过来了，开始领悟到了人生的意义，所以才想要把沈燃从这泥潭里拉出来。

但他却忘记了，沈燃曾经是何等骄傲的一个人，怎么会让自己消沉那么久？

不管怎么说，沈燃现在已经决定要重回赛场，从哪方面来看，这都是一件好事。

林未冬叹了一口气："过去的都让他过去吧，我们重新开始。"

沈燃勾了勾唇，侧眸看他："你想开了？"

林未冬笑："早就想开了，你说人活这一辈子，也就那么短短几十年，图个什么呢。还不如趁现在好好享受一下生活，免得老了就折腾不动了。"

沈燃挑眉道："比赛的具体时间是多久？"

"三天后，下午六点。"林未冬顿了顿，又道，"不过蒋文舟也会去，说起来，他应该不知道Burn是你吧？"

不然也不会那么殷勤。

林未冬现在无比想看到蒋文舟在知道Burn就是沈燃时那刻的表情，一定是很精彩的吧。

沈燃皱了下眉，舔了舔唇角。

林未冬问："怎么了？"

"阮粟的演出，也在三天后。"

"我晕！！！"

那他应该是去看沈燃的复出赛，还是看他家西米的独奏演出？

沈燃将烟头碾灭，再次下了逐客令："我要关门了。"

"行行行，我走。"

林未冬关了电脑，又把今晚吃饭的账单夹在本子里："我麻烦你，在奖金下来之前还是稍微节约一点儿吧，不然比赛连打车去的钱都没了，到时候真成了笑话。"

等林未冬离开，沈燃把门上了锁，回房间时路过娃娃机，长腿停下。

他看着里面那些横七竖八、一个比一个丑的玩偶，黑眸眯了眯。

这些玩偶都是供货商来提供的，他以前从来没管过，不过是该换换了。

阮粟将大提琴装好以后，拿起手机，依然没有一条消息。

这时候，门被敲响，周岚进来："西米，好了吗？该去礼堂彩排了。"

阮粟将手机放进外套口袋里："好了。"

去礼堂的路上，周岚笑道："方阿姨和从南哥哥也来了，你等会儿像以前一样正常发挥就行，不用紧张。"

今天整个校园里都很热闹，天气也很好，阳光静静地落在操场上，温暖又柔和。

这几天的时间里，阮粟下午都和沈燃在练习室练习，已经慢慢找回了以前的那种感觉。

礼堂门口，方黎和顾从南站在那里，见她们过来，方黎柔声开口："西米，这几天感觉怎么样？"

阮粟轻轻点头："挺好的。"

方黎笑了笑："阿姨就知道你一定可以的，今晚加油。"

"谢谢方阿姨。"

顾从南酷酷地道："我这可是第一次听你演奏，不要让我失望哦。"

方黎笑着拍了他一下："这孩子，胡说什么呢！"

阮粟弯了弯唇："方阿姨，那我先进去准备了。"

"去吧。"

她走之前，周岚又叮嘱了几句。

礼堂里已经开始了彩排，阮粟直接到了后台，看了眼墙上的时间。

现在是四点，彩排是六点结束，正式的演出时间是七点。

来得及的。

沈燃说过他会来，就一定会来。

游戏厅里，林未冬一边吹气球，一边看身后整理彩带的男人："我说沈哥，你能不能在有限的时间里多练习两把，这种事交给我们就行了好吗？"

沈燃头也没抬："吹你的气球。"

林未冬撇了撇嘴，收回视线，正好看到墙那边的灯带挂歪了，连忙走过去："咦，这东西不是这么弄的啊，你怎么笨手笨脚的？"

那男生苦恼道："我之前也没弄过这啊。"

这时候又有人喊道："蛋糕呢，蛋糕是谁定的？还有多久送来？"

"谁看到我的飞行棋了？"

"咦，礼炮筒呢？我刚才还看到在这里。"

"啊，谁把苹果啃了一口？"

沈燃终于抬头，看着这一幕，伸手摁了摁眉心。

他就不该在游戏厅里给阮粟办庆功会，更不该把这些人喊上。

半个小时后，林未冬拍了拍手，倒在椅子上："终于弄好了。"

沈燃看了眼时间："走吧。"

闻言，秦显凑了过来："沈哥，你们去哪儿啊？不去看阮粟演出了吗？"

"有点儿事，一会儿直接过去。"

"好的，我们就在这里等你们回来。"

沈燃薄唇微勾，拿起收银台上的黑色鸭舌帽扣在头上，迈着长腿离开。

林未冬连忙跟了上去。

沈燃拦了一辆车，坐上去。

林未冬翻了翻手机："有人已经在比赛现场看到蒋文舟了，要是在这时候被他认出来，估计以后的麻烦少不了。"

沈燃淡淡"嗯"了一声。

林未冬啧啧了两下，感叹道："所以说，宁愿得罪君子，也不愿意得罪小人啊。"

他话音刚落，转过头却发现沈燃已经戴上了口罩。

林未冬："？"

这是什么时候准备的？

车停在OW赛场外，门口已经聚集了不少粉丝，手里举着的灯牌全是这次比赛大热的选手名字。

中间夹杂了寥寥几个"Burn"的灯牌。

林未冬伸了个懒腰："好久都没有听到这样热情高涨的欢呼声了，沈哥，感觉如何？"

这时候，人群中忽然有人尖叫起来："是Boat^①！！！"

"啊啊啊，Boat！"

"Boat！我好喜欢你！"

"Boat！Boat！Boat！"

蒋文舟微笑着点头致意，在工作人员的簇拥下，进入赛场。

林未冬冷笑："也不知道他还能这样心安理得地享受几天。"

沈燃压低了帽檐："走了。"。

这次的比赛选手，大多已经签了战队，而且还有不少直播露过脸。

唯独"Burn"没露过脸。

据说STG战队一直想签他，但他那边却始终都没有回应。

Burn的单人SOLO赛在前十来回徘徊，却从来没有跌出过第十。

最高的一次排到了第二名，仅次于STG队长，蒋文舟。

而且这次蒋文舟也是来了的。

外界对Burn的好奇已经达到了顶点，都在猜测这位大神到底是什么来历。

这会儿看见一个戴黑色鸭舌帽和黑色口罩的男人拿着参赛选手的卡牌进入，有离得近的看到了卡牌上的名字，第一个叫出来："是Burn！"

"啊啊啊，Burn，我男神终于出现了！"

场内，蒋文舟听见声音停下脚步，转过头来，只看见两个背影朝另一个入口走去。

蒋文舟眯了眯眼，现在离比赛开始还有半个小时，还是等结束后再

---

① 电竞赛手蒋文舟的英文名。

说吧。

"现在赛事已经到了最紧张的时刻，让我们用热烈的掌声有请排名前十的选手登场！

"今年的比赛好像比以往还要更加精彩哦！

"是的，前十都是这次比赛冠军的热门选手。有大家熟悉的老狗、山鹰、Win……当然，还有大家最期待的新人选手，天命、小凯，以及……Burn！"

在解说的介绍下，所有的选手依次入场坐在了自己位置上。

蒋文舟坐在观众席上，视线一直盯着Burn。

对方的帽子和口罩仍然没有取下来。

随着比赛的开始，整个赛场的气氛都开始紧张了起来，画面最先给到的是天命，之前对阵赛时的第一名。

天命是今年才出来的新人选手，年纪小，潜力十足，但最大的毛病就是太冲动，性子傲，不知收敛。

除了Burn外，所有的选手就像是有默契似的，开局时，都选择把枪口对准了他。

开场不到两分钟，天命就只剩下残血，顿时匿了。

解说一一讲完所有选手的打法时，最后一个镜头给到了Burn。

男人戴着耳机，只露出一双沉静的黑眸，此刻正淡淡地看着电脑屏幕，长指快速操作着。

"这边Burn物资已经差不多了，正在河沿线上，看样子他准备过河了，他……他竟然收了天命的人头！

"刚才山鹰、Win、小凯他们几个人都没找到天命，他是怎么找到的？

"等等，我怎么觉得他的打法透着一股莫名的熟悉感……"

不只是他们感觉到了，观众席里，蒋文舟腾一下站起身，脸色阴沉得可怕。

随着老狗被淘汰，比赛结束。

全场欢呼。

"让我们恭喜Burn，获得了OW单人SOLO赛的冠军！

"恭喜Burn！"

沈燃刚取下耳机站起身，林未冬就冲了过来，击了他肩膀一拳，眼眶是湿润的，说："恭喜回归。"

沈燃勾唇，扫了眼时间："我先走了。"

林未冬愣了一瞬："不是……你不领奖吗？"

沈燃把帽子扣在他头上："我问过主办方，可以代领。"

"？"

看样子他早就安排好了？

沈燃说完，拍了拍他的肩，快速离开。

林未冬看着他的背影，后知后觉地喊道："喂，我也想去看我家西米宝贝的演出啊！"

后台，阮粟坐在凳子上，怀里抱着大提琴，脑袋微微垂着，不知道在想什么。

这时候，安楠突然探了一个脑袋进来："西米，马上要该你上场了哦。"

阮粟点了点头，起身脱下外套，把手机放在桌子上。

安楠朝她眨了眨眼："你是不是在等沈老板啊？我刚刚出去晃了一圈，好像没看到他。"

小姑娘鼓着嘴："先出去吧。"

安楠抱了下阮粟："加油呀。"

她们出去的时候，陈尤安站在门口，瞥了眼阮粟哼哼了两声："别让我看不起你。"

阮粟笑了笑："放心，不会让你失望的。"

伴随着舞台灯光亮起，阮粟的身影出现在所有人视线里。

她穿着黑色的吊带纱裙，头发上别了一枚银色发夹，如同黑夜里的一颗明亮的星星。

整个礼堂都很安静。

阮粟慢慢抬起头，目光扫过坐在台下的周岚，以及四周那一张张陌生的面孔，手不自觉地握紧了琴弓。

在这一瞬间，她仿佛只能听见自己的心跳，一下一下，无比清晰。

阮粟屏住了呼吸，睫毛轻轻颤动着，再抬头时，发现礼堂门口出现了一道身影。

男人的五官被黑暗笼罩，身形修长挺拔。

阮粟目光微顿，唇角不禁向上扬起。

她深深吸了一口气，拉响了第一个曲调。

礼堂里，大提琴的旋律婉转悠扬，久久回荡着。

沈燃看着舞台上的小姑娘，黑眸温度柔和，薄唇勾起。

一曲结束，阮粟放下大提琴起身鞠躬。

台下掌声雷动。

谢幕的时候阮粟眼眶湿润，想哭又想笑。

她匆匆下台，想要去找沈燃，可刚走了几步，周岚就出现在她面前。

周岚总算是松了一口气，倾身抱住她："西米，妈妈为你感到骄傲。"

阮粟愣了愣，笑容扩大："谢谢妈妈。"

周岚拍了拍她的背，放开她："你真正该感谢的，是方阿姨和从南哥哥才对……"周岚转过头看了一眼："从南呢，刚刚还看到他？"

方黎道："可能上厕所去了，不用管他。"说着，她看向阮粟，柔声笑道："西米，你妈妈给你准备了庆功宴，我们回去吧。"

阮粟微怔："可是我……"

她看着周岚和方黎的神情，实在是说不出拒绝的话来，只能呼了一口气，轻轻点头。

沈燃刚走到操场，就听到有人喊他的名字。

他转过头，看着不远处的少年，黑眸逐渐冷了下来。

顾从南盯着他："真的是你，我以为看错了。"

沈燃面无表情地开口："有事？"

顾从南捏紧了拳头又松开，一时竟然不知道该说什么。

他有很多问题想问他，此刻却一个字都问不出来。

沈燃似乎也没打算听他的下一句，直接大步离开，背影冷冽到了极点。

看着他走远，顾从南没忍住低骂了句："混蛋！"

沈燃站在校门口，低头点了支烟，刚点燃林未冬的电话就打了过来："我堵在路上了，我家西米宝贝怎么样了，演出顺利吗？"

"嗯，结束了。"

"那就好那就好，替我恭喜她，你一定要帮我把话带到！不然我跟你拼命！"

"知道了。"

挂了电话，沈燃倚在冰冷的墙壁上，抬眸淡淡地看着斜上方的路灯。

昏暗却又刺眼。

如同他人生里最难熬，最难以启齿的那一段过往。

等沈燃抽到第三根烟的时候，阮粟的短信才发过来："我妈妈和她朋友要给我开庆功宴，我和她们先回去了，明天见……"

一个委屈巴巴的表情。

沈燃都能想象到小姑娘可怜的样子，嘴角弯了下，薄唇咬着烟，快速回道："好，明天见。"

回到游戏厅，秦显直接放了个礼炮，一群人冲了出来，却只看到沈燃站在那里。

"咦，我们的女主角呢？"

沈燃淡淡地道："她先回家了，你们也都回去。"

"唉！要是早知道咱们就不花一下午的时间布置了……"

男生话还没说完，就被秦显拖走了："你懂个啥，这种时候最伤心的是沈哥，我们就是个陪衬。"

"对对对，走了走了。"

一群人逐渐走远，沈燃从冰柜里拿了两罐啤酒，坐在收银台前。

不知道过了多久，淅淅沥沥的雨声传来。

沈燃轻轻抬眼，看着外面浓重的雨幕，眼底只剩下一片冷淡。

因为下雨的原因，庆功宴进行到一半就结束了。

整个过程顾从南都有些不在状态，阮粟也是同样的心不在焉，完全忽视了他的不对劲。

回到家，周岚的心情明显看起来很好，从玄关那里拿了一个礼盒进来："西米，你爸爸这两天临时有点儿事去外地了没赶回来，这是他送给你的礼物。"

阮粟接过，犹豫了一瞬才开口："妈，之前你答应过我，只要我顺利完成这场演奏，你就答应我一个愿望。"

周岚点头："对，妈妈是说过这个话，你想好了吗？只要你说出来，妈妈都答应你。"

她慢慢点头，手微微收紧："我不想……去柯蒂斯音乐学院。"

周岚仿佛没听清楚："你说什么？"

阮粟重复了一遍。

周岚脸上的笑一点儿一点儿消失："除了这件事，其他的妈妈都可以答应你。"

"我想要的，只有这个。"

她从来就不想去柯蒂斯音乐学院，也不想独自生活在陌生的异国他乡。

周岚看向她，声音冰冷："阮粟，你这样的话，只会让我怀疑你之前的演出障碍是不是装出来的。"

这段时间所有假装出来的和谐，在这一句话间便被打破。

阮粟哑声道："我没有……"

"不管你有没有,这件事我都不可能答应你。"周岚说着,拿出手机,"你所有的不对劲都是从你住校以后开始的,我果然还是不能给你太多的自由。我现在就给你们老师打电话,你以后都回家住,每天上下学我亲自接送你。"

阮粟的眸子逐渐暗下来,声音干涩:"为什么你总是这样凭着自己的意思独断专行,这些事和我住校一点儿关系都没有。我之所以住校只是不想和你待在一起,想要远离你。"

周岚不可思议地看着她:"西米,你知道你自己在说什么吗?我是你妈妈!"

阮粟没说话,垂着头。

"你知不知道我为了你付出了多少?自从有了你之后,我把我所有的时间和精力都给了你,到最后还和你爸离婚了,你现在却说想要远离我?我到底是做了什么对不起你的事?"

阮粟抬头看着她,终于控制不住自己的情绪:"你和爸爸离婚都是因为你自己,是因为你太强势,太专横,永远都听不进别人说的话,所以他才会忍受不了你,和你离婚……"

啪!

周岚这一巴掌,清脆又响亮,用了十足的力气。

阮粟微微偏了下脑袋,睫毛遮住了眼底所有的情绪,低声喃喃:"如果能让我选择的话,我当初一定会跟着爸爸。"

说完,她转身径直跑进了雨幕里。

周岚颤抖着手,跌坐在沙发上。

外面的雨越来越大,沈燃捏扁了最后一个啤酒罐,正要去关门时,却看到一道消瘦的身影出现在门口。

他皱了皱眉:"阮粟?"

小姑娘抬头看着他,身上的衣服全部被打湿,眼睛又红又肿。

沈燃快步上前,将她拉了进来,关了游戏厅的门,将狂风骤雨都隔绝在了外面。

他伸手拭去她脸上的水，声音低低地道："怎么了？"

小姑娘摇了摇头，眼睛里还有水不停地往下流。

沈燃舔了下唇，大步回了房间，拿了毛巾和外套出来，开了外面的空调。

阮粟低着头站在那里，一动也不动。

沈燃眸色深了几分，将小姑娘抱起放在游戏机的台面上，把外套搭在她肩膀后，用毛巾给她擦着头发。

过了会儿，小姑娘的抽泣声才轻轻传来。

沈燃把毛巾放在一边，微微俯身，双手撑在她身侧，黑眸凝望着她："阮粟，你衣服湿了，先去洗个澡，换身衣服，好不好？"

阮粟慢慢抬眼，对上他的视线，眼睛红红的。

沈燃声音缓慢："再这样下去，会感……"

沈燃身体僵住。

阮粟睫毛剧烈颤动着，却没有移开，只是慢慢闭上了眼睛。

几秒后，沈燃往后退了一步，揉着她的头发，声音比之前更低，透着几分沙哑："乖，先去把衣服换了。"

阮粟垂着脑袋，不敢去看他，语调还是哽咽着，道："好。"

沈燃这里没有女孩子穿的衣服，这会儿下那么大的雨，也没办法出去买，只能给她拿了一套自己的。

把小姑娘带到浴室后，沈燃直接出了房间，到游戏厅里，拿起烟盒咬了一支烟在唇间，拿打火机的时候，险些没点燃。

沈燃倏地失笑，想起小姑娘不能闻烟味，又把打火机放了下去。

他往后一靠，单手撑在收银台上，牙齿咬着没点燃的烟，唇角笑意一点点扩大。

浴室里，阮粟一边吹着头发一边看着镜子里的自己，沈燃的衣服又宽又大，将她屁股都包住了，裤子……也是。

尽管这是松紧腰，她已经把绳子拉到最紧了，可还是要往下掉，必须要一只手提住。

把头发吹得差不多了，阮粟关了吹风机放回原位，打开了浴室门。

外面，就是沈燃的房间。

阮粟拽着裤头，慢慢走出去。

整个房间都是灰黑系的，一张单人床，一张沙发，一台电脑，除了这些以外，没有多余的装饰摆设。

看上去冷冷清清。

阮粟路过电脑桌的时候，看见旁边的架子上，有几张合照。

照片上的沈燃大概是十八九岁的样子，戴着一顶白色鸭舌帽，嘴角斜斜勾起，漫不经心的眼神里透着几分桀骜和不羁，但又挡不住骄阳般的少年感，意气风发。

阮粟是第一次见到这样的沈燃，和现在她所认识的大相径庭。

但她却莫名地感到有些熟悉，好像在哪里见到过这种神情……

沈燃旁边是几个和他差不多年纪的男孩子，都笑得很开心。

架子上的最后一张合照，是沈燃和奶奶还有一个中年男人的合照，应该是他父亲。

阮粟拉开房间门，先探了一个脑袋出去，见沈燃站在收银台那里，低头把玩着打火机。

她转过身靠在门框上，深深呼了一口气。

缓了几分钟后，阮粟才走出去，声音轻轻地说："我……好了……"

叮的一声，打火机合上。

沈燃走过来，看着她脸色不自然地拽着裤子，眉头挑了挑："等我一下。"

小姑娘乖乖地点头。

沈燃快步进了房间。

阮粟抬头看了看，这才发现游戏厅被布置过，对面那道墙上，贴着她英文名的气球。

正当她看得出神的时候，沈燃已经走过来，单膝弯曲蹲在她面前，声音低低地说："衣服拉起来一点儿。"

阮粟空着的另一只手抓着衣服，往上拉了拉。

沈燃将手里的绳子绕着她的腰绑在裤头上，系好后，他站起身："时间不早了，我送你回家。"

阮粟闻言，立马后退了两步，快速摇着头："我不回去。"

沈燃看着躲开的小姑娘，放缓了声音："阮粟，乖。"

小姑娘咬了咬唇，眼睛湿漉漉的，语调软糯："我不能……住在这里吗？"

"不能。"

他这里只有一间房，小姑娘清清白白的，要是把她留在这里，万一被人看见了真说不清楚。

阮粟年纪小，不知道住在这里意味着什么，但他不能犯忌。

小姑娘垂下了脑袋，语气落寞："我和我妈吵架了，不想回家。"

沈燃道："那回宿舍？"

阮粟继续摇头："不要……这个时候，宿舍已经锁门了。"

顿了顿，她知道沈燃不可能收留她了，才闷闷地开口道："那回我爸爸那里吧。"

"好。"

沈燃拿了外套，搭在她肩膀上，出去打到车后，才回来接她："走吧。"

到了公寓门口，沈燃抬手揉着她的头发，俯身和她平视，低声道："好好休息，有什么明天再说。"

阮粟点头。

沈燃笑了下，收回手插在裤兜里。

阮粟打开门，刚要进去时，就听见他的声音从后面传来："要给你妈妈打个电话吗？"

阮粟停顿了下，低着头没说话。

"你这么跑出来，她肯定很担心你。"

阮粟眼眶红了一圈，转过身："可是……我没有带手机出来……"

沈燃把手机递给她："用我的。"

阮粟慢慢接过，但最终还是没有把号码拨出去，只是发了一条短信，说她在爸爸这里，让周岚不要找她，也不要担心。

发完后，她把手机还给沈燃。

沈燃笑："进去吧。"

深夜三点，阮清山打开了阮粟的房间门，见她睡熟了才松了一口气，关上门给周岚回了个电话过去："西米确实在我这里……"

说到一半，他忍不住皱眉："你到底对孩子做什么了，她以前那么听你的话，即便有什么不高兴的地方都从来不会说出来，怕惹你不开心，这次竟然闹得离家出走了？"

周岚有些崩溃："我跟她说什么了？阮清山，你能不能多花点儿时间来关注你女儿的情况，你知道她今天跟我说了什么吗？她说她不想去柯蒂斯音乐学院！"

阮清山怕吵醒阮粟，走到阳台："不去就不去，你至于发这么大的火吗？"

周岚闻言冷笑了声："难怪她会有这样的想法，你是不是给她说什么了？你们父女俩一直都是这样，永远都是瞒着我，把我当外人。"

"你不要无理取闹好不好，我们现在在谈西米离家出走的事，你怎么又扯到这上面来了？"

"这难道不是一码事吗？如果不是你，西米她怎么会……"

阮清山疲惫地打断她："好好好，先这样，我不想跟你吵，这段时间就先让西米住在我这里，你不用管了。"

说完，他直接挂了电话。

阮清山坐在沙发上，看着阮粟的房间，长长叹了一口气。

阮粟睁开眼的时候，外面雨还在下，整座城市都被雾霭般的小雨笼罩，蒙蒙沉沉。

她坐起身，看着叠放在床头的男士衣服，昨晚发生的一切都慢慢回放在脑海里，尤其是……

阮粟手不自觉地触上唇瓣，又飞快弹开，脸迅速红了。

昨晚她不知道怎么想的，亲上去那一瞬间大脑都是空白的。

她又倒在床上，用被子蒙住脑袋在床上打滚，她以后还怎么面对沈燃啊？

这时候，房间门被敲响，阮清山温和的声音传来："西米，醒了吗？"

阮粟扒开被子，重新坐起来："爸爸……"

阮清山笑："醒了就起来吃饭吧。"

"好。"

阮粟收拾了一下，出了房间。

她坐在饭厅前，过了一会儿才问道："爸爸，你是什么时候回来的……"

阮清山把食物端了出来："有一会儿了。"

他说着，摸了摸阮粟的脑袋："西米乖，你这段时间就安心住在爸爸这儿，什么事都不用管。"

阮粟抿了抿唇："妈妈那里……"

"没事，有爸爸在。"

吃完饭，阮清山带着阮粟去买了手机补了卡。

周末整整两天的时间里，阮粟一直待在阮清山那里，也没再下过楼。

虽然有了新手机，但阮粟却迟迟没有登录微信。

她不敢去找沈燃，也怕收到他的信息。

那天晚上真的是太尴尬了，把她这十九年的脸全部丢尽了。

阮粟看着黑透的天空，呼了一口气。

可能……她更加怕的，是听到沈燃拒绝的话。

第二天，阮粟早早地去了学校，安楠和陈尤安都还在睡觉。

阮粟轻声地把东西放下，拿了书正要离开的时候，安楠醒了，揉着眼睛问："西米，这么早，你去哪儿啊？"

阮粟小声道："我去图书馆，你继续睡吧。"

安楠打了个哈欠，又闭上了眼睛："好吧。"

门关上，安楠又眯了一会儿，一个激灵坐起来，连忙拿出手机发了条消息，搞定！

早上的图书馆冷冷清清的没什么人，阮粟挑了个角落的位置坐下，翻开书却一个字都看不进去。

她看着窗外，单手托着侧脸。

怎么就，那么冲动呢？

阮粟不知道发了多久的神，惆怅地叹了一口气，慢慢收回了视线，刚准备继续看书时，却发现旁边趴了一个人。

沈燃似乎睡着了，呼吸均匀。

阮粟刚绷紧的神经又放松了下来，她也趴在桌上，朝他靠近了一点儿。

长得真好看，睫毛长，鼻子挺，嘴唇也……

阮粟眼皮跳了跳，晃了下头抛开脑子里那些不纯洁的想法，再看向沈燃时，却发现他不知道什么时候睁开了眼睛，黑眸静静地看着她。

阮粟身体一僵，眼神完全不知道应该放在哪里，四处乱看。

沈燃还维持着之前的姿势，只是头微微抬起来了一点儿，嗓音低哑，带着浓浓的倦意："怎么不回我消息？"

情急之下，阮粟只能撒谎："我还没去买手机……"

他眉梢微扬："嗯？"

阮粟咬着唇，双手攥紧，终于看向他，耳朵滚烫。

她犹豫挣扎了半天，才慢吞吞地出声："那天晚上的事……对不起，我就是一时脑子发热，你能不能当……没有发生过？"

"不能。"

阮粟的脸更加红了，听不出他是什么意思，只以为他在拒绝自己："我也不知道为什么，突然就……"

沈燃看着紧张得不行的小姑娘，唇角勾起，伸手将她放在桌上的书对半打开立在桌上，挡在她面前。

与此同时，他倾身过去，轻轻吻住了小姑娘的唇瓣。

阮粟本来还在解释，可所有的话突然被堵在喉咙里，停了下来。

她下意识瞪大了眼睛，完全不知道该做何反应。

窗外，阳光一点儿一点儿升了上来。

沈燃退开，松开手里的书，撑着脑袋看她，黑眸含笑，低声问道："吃早饭了吗？"

小姑娘明显被吓坏了，隔了好一瞬才回答："没……没有……"

沈燃将她桌上的书收起，起身道："走吧。"

阮粟下意识跟着他走了几步以后，终于后知后觉地意识到刚才发生了什么，脸腾地一下红了个透彻，嘴角却忍不住翘起，笑容越扩越大，连脚步都欢快了许多。

到了食堂，沈燃问她："想吃什么？"

"都可以……"

沈燃看了看身后的橱窗，眉头微挑："坐一下。"

阮粟连忙点头。

等沈燃离开，阮粟拿起手机，给安楠发消息："啊啊啊啊啊啊啊！！！"

安楠很快回复："？？？"

阮粟已经不知道该怎么整理自己的语言了，觉得怎么都说不出那个意思，正在她删删改改的时候，安楠的消息又发了过来。

"对了，昨天我去游戏厅，他说联系不上你，你今天回宿舍后我就给他说了，他去找你了吗？"

阮粟按捺着激动："找了。"

"嘿嘿嘿，他找你说什么了？"

阮粟抿了抿唇，笑意怎么都压不住："我们……好像在一起了……"

安楠："！！！宝贝，什么叫做好像，到底在没在一起？？？"

阮粟也不知道该怎么说，刚好这个时候沈燃买了早饭回来，她连忙放下手机，端正坐好。

沈燃买了很多，各种各样吃的。

阮粟怀疑，他把食堂里所有早餐的种类都买了一遍。

她张了张嘴："我吃不了那么多……"

沈燃坐下："没事，你先吃，剩下的给我。"

阮粟唇角扬起，拿起豆浆喝了一口，喝完之后，发现沈燃在看她。

小姑娘顿时更加不好意思，拿起桌上的馒头递给他："你先吃。"

沈燃伸手接过，唇角笑意明显："好。"

过了会儿，沈燃的手机响起，是林未冬打来的，问他去哪儿了，敲了半天的门都没人应。

沈燃淡淡道："吃早饭。"

林未冬沉默了两秒："嗯？？？吃什么玩意儿？"

沈燃的字典里有"吃早饭"这三个字吗？

"钥匙在旁边花盆里。"

沈燃说完后，挂了电话。

他看向对面正在咬吸管的小姑娘，轻声问道："吃饱了吗？"

"饱了，可是还有很多……"

沈燃面不改色："林未冬让我给他打包回去。"

阮粟眼睛弯弯的，道："那就好。"顿了顿，她又问："你要回去了吗？"

"不急，你上午有课吗？"

"十点半的时候有一节……"

沈燃低头看了眼腕表，还一个小时。

阮粟道："我们先把早饭给他拿回去吧，不然一会儿凉了。"

"好。"

第15章
糖葫芦味的

林未冬开了游戏厅门以后就坐在收银台，虽然早上没有人来，但他就是要克制自己睡到中午才起床这个毛病，年长了，要逐渐开始规律作息。

他打开电脑，搜索OW赛事，果不其然，"Burn"这个名字已经占据了所有讨论区。

沈燃现在的打法虽然已经和以前有很大的不同，但只要是熟悉他的人，观看一局比赛下来，绝对能找出"Dawn"的影子。

所以现在论坛上，已经有一部分人在猜测分析Burn到底是不是Dawn。

另一部分人则持着相反的态度，如果Burn真的是Dawn的话，按照他的性格，怎么可能容忍自己在前十徘徊，早把蒋文舟的第一给端了。

那天林未冬替沈燃领完奖离开时，和蒋文舟碰面了，虽然什么也没有说，但他知道，蒋文舟肯定认出沈燃了。

不过现在最让他担心的不是蒋文舟，而是……

林未冬看着电脑上，再次被翻出的那些新闻，幽幽叹了一口气。

他倒希望沈燃是真的被富婆包养了，这样的话，他们这三年也能好过一点儿。

不过关于这件事，不管他怎么问，沈燃都没有回答过。

而且每次提起的时候，沈燃神情都很冷，一个字都不愿意说，好像这件事比蒋文舟还要令他恶心。

令人头大。

林未冬正在摁太阳穴的时候，沈燃的身影出现在门口，他打了个哈欠："这么早你跑哪儿去了，哪家的早饭那么好……"

林未冬话还没说完，阮粟的身影就跟着出现，她伸出手朝他打招呼，笑容甜甜的，道："早上好。"

"早上……好。"

啊，原来不是早饭好吃，而是一起吃早饭的那个人！

沈燃把打包回来的食物放在林未冬面前："给你的，吃完。"

林未冬差点儿感动落泪，沈燃终于做了一回"人"了。

他一边咬着包子，一边和阮粟含糊地说着话："我听说你那天演出成功结束了，恭喜你啊。"

阮粟低头笑了笑："谢谢。"

林未冬喝了一口水，继续道："你可能不知道，那天我们还给你整了个庆功宴来着，可惜你没……"

沈燃打断他："吃你的饭。"

阮粟眼睛弯起，她知道的。

沈燃看了眼时间，低声对阮粟道："该回学校了。"

阮粟和林未冬挥手告别后，拿起自己的书："那我先走了。"

她走了几步，发现沈燃在她后面，眨了下眼睛："我自己回去就行了……"

沈燃单手插在裤兜里，薄唇微勾："我陪你。"

阮粟压着嘴角笑，转过身慢慢点头。

正在吃包子的林未冬："……"

这两人是干吗呢？

怎么腻腻歪歪的，透着一股……

嗯？！

等他反应过来的时候，两人已经出了游戏厅。

他家西米宝贝就这么落入了沈燃的魔爪？

下课的时候，阮粟刚收拾好东西，正准备离开，陈尤安就站在她桌子面前，双手环胸，神情傲慢："你上课一直在那儿傻笑什么呢？"

阮粟嘴角弯了弯："没什么，你找我有事吗？"

陈尤安："……"不要这样对她笑！

她不悦道："老师叫你去一趟她办公室。"

陈尤安虽然来得晚，但这并不妨碍她当上了班长。

阮粟点了下头："我知道了，现在就过去。"

她一边走，一边给沈燃发消息，说她还有一会儿。

陈尤安看着她的背影，不由得撇嘴。

到了办公室，阮粟伸手敲了敲门。

里面传来一声："进来吧。"

阮粟轻轻道："老师，您找我……"

她刚开口，就看到坐在办公室里的周岚。

辅导员咳了一声，站起来："阮粟，你妈妈找你有点儿事，你们先聊着，我出去一趟。"

办公室里其他的老师都去吃饭了，辅导员离开后，就只剩下周岚和阮粟。

沉默了许久之后，阮粟先开口："妈妈，对不起，我不该那么说……"

周岚神色比以前憔悴了不少，闻言叹了一口气："妈妈也有做得不对的地方，更不该打你，西米，原谅妈妈好吗？"

阮粟吸了吸鼻子，对她一笑："没关系。"

周岚起身，拍了拍她的肩膀："走吧，妈妈带你去吃饭。"

阮粟乖乖点头："好。"

她走在周岚身后，拿手机给沈燃发了条消息。

校门口，沈燃看着手机微微挑眉，唇角勾了勾，转身离开。

看见他回来，林未冬道："你不是找西米吃午饭去了吗，怎么一个人回来了？"

沈燃拉开收银台的椅子坐下，点了支烟："她妈妈来了。"

林未冬啧了声，脸上露出幸灾乐祸的笑容，道："怎么，咱们沈哥竟然怂了，不敢见丈母娘？"

沈燃掸了掸烟灰，笑了下："起开。"

"不过话说回来，我觉得西米那样的家庭，对未来女婿要求很高，说不定还对电竞有看法，你是怎么想的？"

沈燃道："大不了转行呗。"

"……你都不带考虑一下的吗？"

林未冬又道："蒋文舟现在满世界找你呢，听说好几个俱乐部想要签你，都被他私下拦住了。"

沈燃声音淡淡地道："理他做什么？"

"但你总得签俱乐部吧，不然还真的单打独斗？"

"不着急。"

沈燃碾灭烟头，拧开水喝了一口。

林未冬看了他一眼，打开电脑："还有一件事……"

"什么？"

"你退役时的那些新闻，又被翻出来了，虽然只是小范围的，但一旦他们确认你就是Dawn，到时候只怕是会闹大。"

他知道沈燃从来不在乎别人怎么说他，但现在有了阮粟，肯定是不一样的。

沈燃手上的动作顿住，看向电脑屏幕，半晌后，语调冷淡："蒋文舟和她还有联系吗？"

"应该有吧，那女的不可能放着他这么大一只肥羊不宰。估计这家伙这几年挣的钱有一半都落入了那女的口袋。"

沈燃重新点了一支烟，长指握着鼠标，翻了翻骂他的那些评论。

有好几个都是刚注册的小号，应该是有人在操作。

他黑眸没有丝毫温度："先找到她。"

"那……另外一件事呢？"

阮粟下午只有一节课，出了教室她就径直往校门走。

"西米西米！"安楠从后面跑过来，叉着腰喘气，"总算是让我抓住你了。"

"怎么了？"

等安楠气喘均匀之后，才道："你和沈老板，到底是怎么回事？什么叫做好像在一起了？"

提起这件事，阮粟耳朵不自觉红了，把安楠拉到一边："你小声点儿啦。"

"那你快跟我说说，我憋了一天了。"

早上接到阮粟的消息后，她那边突然就没了下文，安楠在寝室等了一中午也没见她回去。

阮粟鼓着嘴："就是……"

她把上次在游戏厅的事，以及今天在图书馆发生的事，大致给安楠说了一遍。

安楠听完，猛地瞪大了眼睛："什么，沈老板亲了你？"

瞬间，周围的人都对她们投来了异样的目光。

阮粟连忙捂住了安楠的嘴巴，一张脸红到不行。

安楠哦哦了两声，表示自己已经冷静下来了，阮粟刚松开，她又不可思议地小声震惊道："而且还是你先亲的他？"

"我那天……我也不知道是怎么了……"

阮粟现在回想了一下那晚的细节，沈燃给她擦完头发后，一直低声和她说话，语气很温柔。

她觉得，他可能也是喜欢她的。

那个念头虽然只是在脑海里闪了一瞬，却不可收拾地无限放大……

所以她才会脑子一热，亲了上去。

安楠道："不管怎么样，你们总算在一起了，我就跟你说过吧，沈老板是喜欢你的，你还非不信。"

阮粟抿了抿唇，嘴角忍不住翘起："我现在去游戏厅，你要一起吗？"

"我就不去当电灯泡了，你们好好约会。"

安楠说着，从阮粟手里拿过了她的书："快去吧，晚上给我带点'狗粮'回来就行。"

阮粟笑了笑，朝她挥了挥手："那我先走了。"

出了校门，阮粟见街对面有卖冰糖葫芦的，她小跑着过去，买了两串，正要用手机付钱的时候，却发现支付功能出了故障，她身上也没有现金。

一时有些尴尬。

老板道："同学，怎么了？"

"没……没事。"阮粟看了眼手里的冰糖葫芦，"老板，不好意思，这个我不……"

她刚想要把冰糖葫芦还回去，一只骨节分明的手就越过她，把钱递给了老板，男人的声音低沉悦耳："付现金。"

老板接过："好的。"

阮粟转过头，脸上瞬间露出笑容，眼睛弯成一道月牙："你怎么来了？"

沈燃接过老板找的钱，薄唇微勾："来接你下课。"

阮粟脸红了红，把左手的冰糖葫芦递给他："这是给你的。"

沈燃唇角笑意更深，抬手揉了揉小姑娘的脑袋："想去哪儿玩？"

"想去……"阮粟想了想，"打游戏。"

"那回游戏厅？"

小姑娘开心地点头："好。"

到了游戏厅门口，阮粟突然顿住。

沈燃低声道："怎么了？"

阮粟看着手里的冰糖葫芦，鼓了鼓嘴："我只买了两个……"

里面那么多人，肯定不够分。

但只是他们两个吃，也不太好。

沈燃看出小姑娘的想法，轻笑了声："那吃完再进去。"

坐在游戏厅门口的长椅上，阮粟咬了一口糖葫芦，甜甜的味道瞬间充满了口腔。

实在是太好吃了。

等她吃完第三颗时，转过头却发现沈燃一直在看着她，黑眸含笑。

阮粟脸红红的，道："你怎么不吃呀……"

沈燃挑了下眉头，伸手给她擦去唇角的糖渍："我等下吃。"

小姑娘唇瓣饱满粉嫩，因为刚吃过冰糖葫芦的原因，还残留了一层淡淡的红色。

阮粟见他不动，以为他是改变主意，想吃冰糖葫芦了，便把自己手里的递过来："你尝一个吧，真的很好吃……"

她话音未落，唇瓣就被吻住。

阮粟下意识睁大了眸子，感觉心脏仿佛要跳出胸腔，周遭的空气瞬间变得稀薄起来。

和在图书馆懵懵懂懂的不同，此刻她所有的感官都在无限放大。

阮粟甚至都能清晰地感觉到他温热而又克制的呼吸，像是怕吓到了她。

小姑娘睫毛颤了颤，慢慢闭上了眼睛。

沈燃黑眸深了几分，单手捧着她的侧脸，逐渐加深了这个吻。

游戏厅外，是常年安静的小巷，处处透露着斑驳的岁月痕迹。

游戏厅里，是一群二十出头的少年，热血蓬勃，吵吵闹闹。

小姑娘的嘴里，满满都是冰糖葫芦的味道。

确实很甜。

一吻结束后，沈燃手指轻轻摩挲着小姑娘细嫩的后颈，嗓音低哑："别玩游戏了，看电影去，嗯？"

游戏厅里，一群人正围着一部手机在看几天前的OW比赛。

一人道："我就说吧，这次的冠军肯定是Burn，这操作也太秀了！"

"这到底是哪路大神啊，如果照这样看的话，蒋文舟压根儿就不是他对手。"

"你这说得也太夸张了吧，蒋文舟好歹也是STG的队长，实力还是摆在那里的。Burn虽然厉害，但应该比不上蒋文舟。"

秦显道："那可说不定，论坛上不是在说Burn是Dwan吗？如果真的是他的话，那位大佬虐蒋文舟不是动动手指的事吗？"

"论坛上的东西听听就得了，Burn怎么可能是Dwan，当初他退役的时候闹得那么大，又是打假赛，又是被富婆那什么的，这样负面消息缠身的一个人，怎么可能还复出？"

"我一直觉得当初Dwan是被污蔑的，他绝对不是那样的人。"

"就算他是无辜的，可他为什么当时一个字的解释都没有，而是直接退赛退役呢？"

他们讨论得正热烈的时候，游戏厅门被推开。

有人继续道："反正我绝对不相信Burn就是Dwan，当年叱咤电竞圈的大神啊，迷倒多少少女，怎么会是一个水平忽高忽低，靠运气得了第一的人？"

门口一道男人的声音传来："请问，沈燃是在这里吗？"

秦显回过头："是，你找他有事……"

话说到一半，当他看到男人的脸时，瞬间愣住了。

说起来可能有些难以置信，但这确实是阮粟第一次来电影院。

在过去的十九年里，她几乎没有可以出来玩的朋友。

每次放假不是在家里练习，就是上形体课，经常去全国各地参加比赛。

周岚对她的要求一直很严格，每天上学放学都亲自接送，完全不给她和其他人接触的时间。

所以，上了大学以后，阮粟才会想找机会逃离。

沈燃买完电影票和爆米花回来，见小姑娘四处张望着，眼睛里写满了好奇。

他轻轻舔了下薄唇，迈着长腿走过去，很自然地牵起小姑娘的手："走了。"

阮粟愣了一瞬，下意识低头，男人牵着她的手，掌心温暖干燥。

她嘴角微微抿起，止不住地上扬。

沈燃买的是最近才上映的一部国漫，画风可爱而治愈。

来看的，大多数都是一些女生。

找到位置坐下后，沈燃把热奶茶放在阮粟那边："有点儿烫，等会儿再喝。"

阮粟笑容很甜，乖乖地点头："嗯！"

沈燃勾了下唇，把爆米花放在膝上，坐回位置，靠在椅背上。

没过一会儿，放映厅暗了下来。

阮粟这会儿的注意力完全不在电影上，可能是沈燃忘了，一直没松开她的手，她掌心已经有了一层薄薄的汗，和他的贴在一起。

阮粟耳朵红红的，脸很烫。

但又舍不得松开。

可这时候，沈燃突然放开了她。

阮粟掌心侵入了凉凉的空气。

她眨了眨眼睛，刚想把手收回来。

下一秒，男人手腕微转，修长的手指轻轻扣住了她的手指。

阮粟嘴角笑容一点点扩大，眼睛里满是明媚的笑意。

悄悄回握着。

黑暗中，沈燃薄唇勾了勾，目光柔和。

小姑娘的手指细嫩纤长，柔软得不可思议。

随着电影开始，四周都陷入了安静。

沈燃侧过头，屏幕上的光映照在小姑娘脸上，忽明忽暗，她眼睛弯弯的，如同一道月牙。

第一次见面的时候，小姑娘一双眼睛毫无防备地望着他，清澈又明亮。

那瞬间，他黯淡的人生里，好像忽然照进了一束光。

他想要把最好的一切都给她，她比任何人都值得。

出了电影院，沈燃道："想吃什么？"

阮粟揉了揉鼓鼓的肚子，摇了摇头："刚才喝了奶茶还吃了爆米花，现在好撑，吃不下了。"

沈燃笑了下，低头看了看时间，还早。

他道："那再玩会儿。"

电影院旁边就是一个电玩城。

阮粟站在娃娃机前，眼睛很亮："你能教我怎么抓这个吗？"

沈燃微微俯身，看着玻璃窗，眉梢微扬："想要哪个？"

阮粟指了指里面的一个玩偶："那个小海豚。"

沈燃随手拨了拨操纵杆，投了两个币进去，移动操作杆，对准摁下确定按钮。

十秒后，那只小海豚出现在阮粟手里。

沈燃问："喜欢吗？"

小姑娘抱着小海豚，高兴地点头："喜欢！"

她又仰起头看他，漂亮的眼睛里写满了期待："你可不可以教我呀。"

沈燃单手插在裤兜里，薄唇含笑："考虑一下。"

在游戏厅玩到七点半，沈燃见时间差不多了，抬手揉着小姑娘的头发："好了，吃饭去。"

阮粟抱着小海豚，离开之前还恋恋不舍地看着娃娃机，嘴巴鼓鼓的。

不管是游戏厅里的，还是电玩城里的各种游戏设备，她现在基本都会玩了……

可就是这个，他怎么就不肯教她呢。

晚上的温度直线下降，比白天冷了好几度。

阮粟只穿了一条针织连衣裙，吃完饭从商场出来以后，凉风袭来，她没忍住打了一个喷嚏。

她揉了揉鼻子，手刚搓上手臂，带着淡淡洗衣液香味的男士外套就搭在了她肩上。

阮粟停下脚步，抬头望着他，想要把衣服脱下来："我不冷，你……"

沈燃替她把外套拢紧，嗓音低低地道："穿着，别感冒了。"

"可是你……"

沈燃里面只穿了一件长袖，看上去薄薄的。

"没事。"沈燃眉头挑了下，大掌顺势握住她的手："这样就行了。"

他的手掌很温热，和她的冰凉截然不同。

阮粟还想要说什么，沈燃却已经牵着她的手往前走。

小姑娘嘴角弯了弯，跟上他的脚步。

这一路上，都是手牵着手的情侣。

他们并不显得突兀。

到了宿舍楼下，沈燃垂眸看着眼前的小姑娘，缓声问道："明天几节课？"

"上午有两节，下午三点半有一节。"

他应了声后，又道："回去发个课表给我。"

阮粟乖乖地点头："那我先上去啦，你快回去吧。"

沈燃单手插在裤兜里，唇角微勾："嗯，晚安，好好休息。"

阮粟走了几步，又折回来，趁沈燃不注意，踮起脚在他侧脸亲了一下，红着脸快速说了一句："晚安。"

说完后，连忙转身跑上楼，像个惊慌失措的小兔子。

沈燃黑眸浮起笑意，在原地站了好一会儿后，才转身离开。

小姑娘太可爱了。

沈燃刚推开游戏厅的门，秦显就快步走了过来，欲言又止："沈哥……"

沈燃扬了扬眉："怎么？"

秦显朝他扬了扬下巴，角落里，坐了一个男人。

"都等你一下午了。"

男人似乎听到了他们的声音，转过头来，站起身，嘴角咧出笑："好久不见了啊，队长。"

一旁围观许久的众人："天呀！"

这个人今天下午来的时候他们就认出他来了，STG的江途。

三年前，Dawn还没退役的时候，STG拥有最强队员，江途，十一，山野。

而蒋文舟，只是一个替补队员。

自从Dawn退役之后，十一和山野也走了，现在留在STG的，只有江途。

除去蒋文舟以外，江途已经是STG的老队员了。

最关键的是，他们那一批人，最开始就是待在STG，也可以说是有他们才有了STG。

所以，江途是绝对不可能换俱乐部的。

他的队长除了蒋文舟以外，就只剩下……

沈燃看到江途，神情很平静，似乎并不意外，他淡声开口道："出去聊。"

江途一笑："好。"

等他们离开后，终于有人忍不住出声："这是个什么情况，怎么给我整懵了呢，啥队长啥玩意儿？"

阮粟都快走到宿舍门口了，突然想起安楠让她带饭回去，她重新下楼。

现在学校里的食堂全部已经关门，只有外面的小吃街上还有。

阮粟发消息问了安楠想吃什么，等她回消息后，走到小摊边打包了一份炒米粉。

正在等待时，她忽然看见不远处的小摊上，顾从南在那儿喝酒。

她四下看了看，没有看到他有同伴。

这时候，老板道："姑娘，你的好了。"

阮粟收回视线，接过来，道："谢谢。"

她转过头，停顿了几秒，还是走了过去。

顾从南面前已经摆了好几个酒瓶，他却还在叫老板上酒。

阮粟坐在他对面，轻轻地问道："你怎么了？"

顾从南闻声抬头，一口酒窝在喉咙里，又苦又涩。

见他不答，阮粟抿了抿嘴，又道："跟你……父母，吵架了吗？"

这次，顾从南终于开口："没有。"

他没有继续说下去，阮粟也没有继续问下去，只是安静地坐着。

这段时间，不管是方黎，还是顾从南，都帮了她很多。

现在他遇到烦恼，她也不能视而不见。

顾从南将酒瓶里的最后一滴酒喝完，把酒瓶重重放在了桌子上："你恨你妈妈吗？"

阮粟愣了愣，微微偏过头，似乎并不理解他为什么这么问。

顾从南叹了一口气："算了，当我没问过。"

过了会儿，阮粟慢慢出声："你父母都很疼你，也对你很好。"

"我知道，可是……"

顾从南摇了摇头，又开了一瓶酒，仰头喝着。

阮粟盯着他手里的酒瓶，脑海里响起的是中午吃饭时周岚给她说的话。

"西米，妈妈以后会多尊重你的决定，你想住校也可以继续住下去，所有事我们都可以商量着来，但唯独去柯蒂斯音乐学院你要听我的。

"妈妈不想和你吵，也没有替你做决定，只是希望你能明白，在那里能学到的东西，对你会有更大的帮助。更何况，你也想完成梦想，不是吗？

　　"如果你觉得一个人在那边人生地不熟，妈妈也可以陪你去，当然要是你觉得妈妈跟着会给你太大压力，那我也可以留在国内。"

　　阮粟知道，这已经是她最大的让步了。

　　去柯蒂斯音乐学院，是无论如何都改变不了的事。

　　最快明年二三月份，最迟不过暑假，她就会离开。

　　她还没想好怎么和沈燃说这件事，他们今天才刚在一起……

　　顾从南放下酒瓶，满脸都写着烦闷："时间不早了，我送你回学校吧。"

　　阮粟收回思绪："走吧。"

　　出了小吃街以后，阮粟道："学校离这里不远了，我自己回去就行了，你喝了不少酒，早点回去休息吧。"

　　顾从南头昏昏沉沉的，他伸手摁了摁太阳穴："那行吧，你到了以后给我发个消息。"

　　"好。"

　　回到宿舍，安楠把手机一扔就从床上爬起来了，眉飞色舞地问："怎么样，怎么样，发展到什么程度了？"

　　阮粟被她说得有些脸红，不自觉地就想到了游戏厅外面的那个吻，连忙把炒米粉放在桌上："你快吃，等会儿凉了。"

　　"喂喂，这个不重要，你先跟我说说你和沈老板的进展嘛……"

　　陈尤安一边擦着头发一边从浴室出来，听见她们在说什么后，不由得皱眉："你真和他在一起了？"

　　她的声音冷不丁地响起，安楠和阮粟都没有防备。

　　安楠无语："你走路就不能出个声吗？"

　　陈尤安哼了两声："是你们自己做了亏心事吧，不然怕我听到做什么？"

　　安楠还想和她吵，却被阮粟拉过来坐在椅子上："快吃吧，不然真凉了。"

说完，她把一直抱着的小海豚放到了床上，拿了衣服去洗漱。

她也没理陈尤安。

洗漱完出来，阮粟正在阳台晾衣服的时候，陈尤安又走了过来，抱胸看着她："我去理工学校问过了，那个男生根本不是他们那儿的学生，就是一个破游戏厅的老板，你眼光怎么会那么差？"

闻言，阮粟皱了皱眉，终于回过头看着她："你每天都这么闲吗？"

陈尤安差点儿一口气没上来，她一个不想继续完成音乐梦想，成天只想谈恋爱的人，哪里来的资格说她闲？

她冷笑了声："我才没那闲工夫操心你那些破事儿，你要谈恋爱就找个好的谈，这样或许你妈妈还能考虑一下，现在这个？你觉得你妈会答应吗？我是怕你分手后又重新回来挡我的路。"

陈尤安说完后，直接甩手离开。

阮粟站在原地，抿了抿唇，隔了好一阵后，才抬起头，继续晾衣服。

不管有多难，她都不会放弃的。

就像是之前的演出障碍，她甚至以为她可能一辈子都无法再拿起大提琴了，可她最终还是克服了。

只要她去柯蒂斯音乐学院，好好学习，她妈妈应该就不会有理由反对他们在一起了。

游戏厅外，江途摸了摸鼻子："要不去哪儿坐坐？我这一下午还没吃东西呢。"

沈燃带着他进了一家中餐馆，他们刚坐下，服务员就拿了菜单过来："请问两位需要点一些什么？"

江途指了几个菜："就先这些吧。"

"好，两位稍等。"

服务员离开，沈燃起身，淡声道："我出去抽支烟。"

江途单手搁在椅背上，转过头问他："什么时候抽上的？"

沈燃没有回答，只是拍了一下他的肩膀，迈着长腿离开。

江途突然觉得，自己这问题，好像有些多此一举。

正如他今天来的这趟一样。

如果不是念着旧情，沈燃应该也不会见他。

几分钟后，沈燃回来，菜也差不多上桌了。

江途是真的饿了，拿起筷子就开始吃。

沈燃几乎没怎么动筷子，只是平静地喝着水。

这一顿饭，实际上吃得有些尴尬，两人都没说话。江途倒是想说，只是每次抬头看到沈燃不咸不淡的神色，又默默地把头低了下去。

吃完，沈燃叫来服务员结账，对江途道："我先走了。"

江途苦笑："队长，你真的连一句话的机会都不给我吗？"

沈燃神情不变，靠在了椅背上，把玩着打火机，嗓音偏冷："你要说的无非就那几句，有听的必要吗？"

"还是……听听吧，不然我这趟就真白来了。"

第16章
梦想必达

在所有人之中，江途是最先认识沈燃的那一个。

那时候，都还是不知愁滋味的年纪，只有一腔热血和无尽的孤勇。

最开始决定打比赛的是沈燃，江途并不看好电竞行业的前景，所以他选择继续完成课业，那是和沈燃完全截然相反的一条路。

一年以后，电子竞技逐渐有了起色，圈内最出名的就是Dawn、十一。

当他正为毕业以后该做什么而发愁时，沈燃找上了他，问他现在对电竞感兴趣了吗。和他一同加入的还有山野，以及在STG正式成立没多久就离开的War。

江途起步比他们所有人都晚，资历是最差的那个，为了不让其他人看不起，他恨不得一天能有二十五个小时来练习。

沈燃也跟他说过，不用把自己逼得太紧，可他不愿屈于人后，也不想因为他的原因，导致他们输掉任何一场比赛。

好在他的付出没有白费，慢慢有了成果。

他们几个人，在电子竞技这条艰难的泥泞的道路上，硬是杀出了一条血路。

STG成立的那一天，他和山野相互抱着差点儿没哭出来，向来没个正经的十一也难得地严肃了一回，就连沈燃，一贯冷淡的眸子里，也是藏了笑的。

对于他们来说，STG的成立不是结束，而是开始。

虽然War因为结婚离开，但他们依旧没有丝毫松懈，那股热血永远沸腾着，像是不会熄灭。

直到沈燃在KOT单人SOLO复赛上只拿了第三名。

因为这件事，外界也出了不少声音，说沈燃拿了其他俱乐部的钱，故意放水。

但只有他们知道，这种事绝对不可能发生。

最糟糕的是，那段时间沈燃的情绪状态很不好，他们几个轮流去问，也没问出个什么。

就在这个节骨眼上，又紧跟着传出了沈燃与粉丝的绯闻，以及，他被富婆包养的事。

他们还是依然毫不犹豫地相信沈燃。

可除了他们几个之外，俱乐部里其他的成员意见很大，教练只能出面安抚，说是在总决赛上，沈燃会一一解释这段时间以来发生的所有事。

没有谁会想到，在比赛开始前的五分钟，沈燃突然弃权了。

他甚至没有和他们任何一个人商量过。

山野当时很生气，差点儿没摔了耳机冲下台。

沈燃离开后，是替补蒋文舟接上。

那场比赛里，蒋文舟发挥得很好，勉强算是接下了沈燃留下的这个烂摊子。

沈燃退役后的三个月，十一走了。

其实十一选择离开江途并不觉得意外，因为他当初本来就是因为输给沈燃，才会到他们这边来的。

沈燃走了，他也就觉得没意思了。

在这三个月，蒋文舟几乎算得上是如鱼得水，把俱乐部上上下下都打点了一遍，投资商对他更是青睐有加。

又过了半年，山野觉得没了Dawn和十一的STG已经不是以前的STG了，也走了。

但江途一直没离开，一个是因为他还没有拿到世界冠军，一个是因为如果他也走了，STG就真的消失了。

STG还承载着他们所有人的青春和年少时不顾一切的梦想。

烧烤摊上，江途道："我看了你那天的比赛直播，很精彩。"

沈燃点了支烟，哼笑了声："那你可能要去检查眼睛了。"

他现在的状态和以前压根儿没法比。

江途好多年没听他说这种冷笑话了，气氛总算是缓和了些："得要看跟谁比，你拿现在的你去跟二十出头的你比，那不铁定输吗？还是得服老才行。"

沈燃单手拉开啤酒罐，眉梢微扬。

江途把啤酒罐举起来和他碰了碰："咱们不和年龄过不去，来，干杯干杯。"

几口酒下肚，江途才觉得和沈燃的陌生感消失了一些。

不过现在的沈燃，和以前差太多了。

他的眉眼里再也看不到以往的桀骜与张扬，仿佛那个年少成名，意气风发的Dawn，随着他的退役，而消失在这个世界上了。

江途问："你现在是怎么想的？"

沈燃掸了掸烟灰："什么怎么想的？"

"要继续回来打比赛吗，还是只想玩玩？"

沈燃神色淡淡的，只说了一个字："打。"

江途仰头把啤酒喝完，才道："那你回来吗？STG的大门，永远为你打开。"

闻言，沈燃只是笑了笑："蒋文舟让你来的？"

"他跟我提了一嘴，不过我自己的想法占多半。"

"你既然特意来这趟，就知道我没想去。"

虽然已经料到了他的答案，可江途还是忍不住皱眉："那你总要签俱乐部的吧？STG目前是你最好的选择，难不成你要一直单打独斗吗？这不现实。"

这个问题，林未冬也问过沈燃一次。

他道："打出来的，才叫现实。"

江途怔了怔。

是啊，当时又有谁会想到，电子竞技会在如今飞速发展呢。

很久之前，他们做出的所有努力，也被称为不现实。

沈燃将烟蒂碾灭，起身："该问的也问完了，回去吧。"

游戏厅这会儿已经处于关门状态，林未冬却一直没走，他下午不过出去了一会儿，再回来时，就听一群人叽叽喳喳地给他说STG的江途来找沈燃了，还叫他队长。

他们都追着他问这到底是怎么回事，沈燃是不是就是Dawn。

林未冬被问得烦了，直接把一群人轰了出去。

不过蒋文舟那天在OW的比赛上认出沈燃了，他们会找到这里来也不奇怪，只是他没想到来的不是蒋文舟那个家伙，而是江途。

看样子还是想打感情牌。

过了许久，游戏厅的门终于被推开，林未冬问道："江途都跟你说了些什么？"

沈燃拉开椅子坐下："我该拿手机给你录下来。"

"……"

林未冬差点儿被他气笑了："仇人都找上门来了，您老能认真对待吗？"

沈燃闻言，随手拿起桌上的游戏币捏在手里，眸子垂着："该来的迟早要来，躲不掉。"

"那总得想个办法应对吧，他们都能找到这里，指不定还能做出些什么事。"

沈燃停下手里的动作，嗓音听不出声音的情绪："一无所有和从头再来，都差不了多少。"

阮粟在睡觉之前，突然想起沈燃让她给他发课表的事，连忙把保存到手机上的图片发了过去。

很快，沈燃短信回了过来："还没睡？"

阮粟回复道："嗯……快睡了。你还在忙吗？"

沈燃回道："没。明天降温了，多穿点儿。"

看到这句话，阮粟这才反应过来，沈燃的衣服还在她这里，不仅是今天的，还有上次的……

紧接着，沈燃又发了一条消息过来："快睡吧，小朋友。"

阮粟视线落在"小朋友"三个字上，眼睛弯弯的，她想了一下，快速打了几个字，迅速发了出去，然后关了手机把脑袋埋在了被子里。

另一边，沈燃看到小姑娘发来的消息，薄唇勾了勾，嗓子里有低低的笑声。

手机屏幕上，静静躺着几个甜得冒泡的文字。

"晚安，男朋友。"

上午的第一节是专业课，阮粟刚到教室，就听见有不少同学在小声议论着什么。

"我跟你们讲，Burn绝对就是Dawn，我有朋友在STG的青训队，听说江途昨天已经去找他了，肯定就是想让他回STG。"

"万万没想到，有生之年竟然还能见到Dawn复出，真是绝了。"

"你们能不能别这么早下定论，现在Burn是不是Dawn还不知道呢，更何况他也不一定会加入STG。"

"我之前还挺喜欢Burn的，如果他真的是Dawn，那我就粉转黑了。"

"对，我也是！Dawn一生黑！"

阮粟本来一开始没怎么听他们在说什么，直到听见了Dawn这个名字。

一开始她还有些没听明白，不知道Burn是谁，但越听下去，她眉头皱得越深。

阮粟抿了抿唇，轻轻出声："Dawn做了什么吗？"

几个男生转过头，见这句话是阮粟问出来的，不由得愣了一下，似乎是没想到她竟然对这些东西感兴趣，有人回答："Dawn收了钱，打比赛的时候故意放水让其他战队的人赢，不仅如此，他还与粉丝有绯闻呢。"

"可那些不都是网上的传闻吗？不能信的。"

"嗨，举报信都寄到大赛组委会去了，当时那个粉丝被曝出来以后还一直在维护他，可他就跟个缩头乌龟似的，半个字都不敢出来解释，还直接退役了，这不是心里有鬼吗？"

阮粟压着嘴角，还想说什么，却直接被陈尤安拉走了。

几个男生看着她们的背影，摸了摸后脑勺，又转过头继续讨论。

教室最后，陈尤安放开阮粟，双手抱胸："不知道昨天是谁说我闲，你现在已经无聊到这种地步了吗？一个八竿子都打不着的人，跟你有什么关系？"

阮粟表情很认真："这不是和我有没有关系的问题，网上的信息是错的，他也不是那样的人。"

这是陈尤安第二次听到阮粟维护Dawn，当即撇嘴："你又知道了，你认识他吗？"

"我……"阮粟张了张嘴，却不知道该说什么。

沈燃现在没有告诉她这些事，肯定也是不想她知道的。

阮粟眼睛看着陈尤安，一字一句地重复："他不是那样的人。"

沈燃握着手机，眉头微皱。

电话里，老师还在说着这件事的严重性，对方家长已经到了，让他尽快过去。

"好，我马上过来。"

挂了电话后，沈燃起身，大步往门外走。

林未冬提着大包小包的东西，看见沈燃朝他走来，顿时露出了欣慰的笑容，说："你总算知道心疼心疼我了……"

话还没说完，沈燃已经越过他快速离开："我出去一趟，你看着店。"

林未冬："……"

沈燃推开办公室的门，里面站了不少人，小姑娘站在角落，垂着头，头发微乱，右手手背上有两道血痕，他见状，眉头皱了皱。

辅导员见状，出声道："你就是阮粟的哥哥吧？"

闻言，整个办公室里的人都看了过来。

沈燃点了下头，走到阮粟面前，见她眼睛红红的，唇角微抿，抬手将她头发理了理，温声问道："怎么回事？"

阮粟抬头望着他，鼻子忍不住一酸。

事情是这样的。

半个小时前，陈尤安和阮粟扯了一会儿后，终于说明来意，辅导员让她们还有班里的另外两个女生去办公室。

下个月就是学校六十周年的校庆，辅导员让她们到时候合奏演出，阮粟和陈尤安是大提琴，另外两个女生分别是中提琴和小提琴。

任务分配下来以后，辅导员让陈尤安组织她们四个私下自己找时间多练习，增加配合度。

前脚刚离开办公室，后脚拉小提琴的女孩道："我看也别找时间了，我们就各练各的吧，省得到时候约了又不来，浪费时间。"

陈尤安完全是一副看好戏的状态，用手肘碰了碰阮粟："听见没，说你呢。"

阮粟抿了抿唇，没有说什么，不想和她们起争执，转身想要离开。

她刚走了一步，那女生又道："有些人别把架子端得那么大，不就是拿过几次第一吗，有什么了不起的，有本事一辈子都拿第一啊。哦，对不起，我差点儿忘了，某人最后一场巡演的时候，可是把音调都拉错了，这么简单的问题都能出错，还好意思叫天才大提琴少女，真是不害臊。"

阮粟慢慢停下脚步，回过头。

陈尤安也来了几分兴趣，想看阮粟这次还能怎么辩解。

女生更加嚣张，毫不示弱："怎么，我难道说错了吗，你们两个人，一个仗着自己小有名气就可以不参加合奏练习，还拿到了独奏演出的机会，一个晚来大半个月，却直接把班长的位置给抢了，真不知道你们这样的人，是怎么还会有粉丝喜欢的！"

陈尤安："……"

她万想不到，这热闹看着看着，火竟然烧到了自己身上。

陈尤安刚要发火，阮粟就淡声道："我从来没有觉得拿第一就了不起，那只是我应有的实力，不信你可以问问陈尤安，她是怎么努力了这么多年都没有超过我的。"

"咦，阮粟，你什么意思，过分了！"

阮粟没理她，继续道："你不想和我们练习我没有任何意见，这些问题你大可以当着老师的面提出来，没必要在这里冷嘲热讽。而且如果我没记错的话，在陈尤安来之前，你只是一个代理班长，并没有说班长就是你的了。"

阮粟实在是觉得，为了谁当班长而吵架，只会发生在幼儿园的小朋友身上。

她说出这句话的时候，自己都觉得想笑。

中提琴的女生拉了拉小提琴的女生，道："算了，别说了，我们回去吧。"

小提琴的女生被阮粟这么说，脸上实在是挂不住，当即面红耳赤地回了几句要多难听就有多难听的话。

陈尤安本来就憋着火，也没受过这种气，就开始动手了，阮粟本来只是想把她们拉开，结果两个人就跟疯了似的，打得不可开交。

本来就离办公室没多远，闹出的动静又大，没多会儿辅导员就来了。

阮粟脸上和手上的伤，就是在那时候受的。

本来都是大学生了，打架这种事也不值得闹到家长那里去，可小提琴女生哭着喊着给她妈妈打了电话，既然一方家长来了，那阮粟和陈尤安的家长也得来。

　　辅导员正要给她妈妈打电话的时候，阮粟连忙说她妈妈出差了，又快速在脑海里过了一圈，说她哥哥可以来。

　　于是，就有了现在的场面。

　　小提琴女生的妈妈坐在沙发上："我知道阮粟名气大，这件事要是被媒体知道了，少不了是一个大新闻。这样吧，只要你给我们家苗苗赔礼道歉，再把医疗费和精神损失费给了，我们就当这件事没有发生过。"

　　沈燃转过身，神色不冷不淡，看不出什么情绪："行，多少钱你说。"

　　阮粟没说话，只是乖乖地站在沈燃身后，像是一个做错事了的小孩子。

　　陈尤安受的伤比阮粟重，眼睛都青了一只，闻言直接炸了："你是不是傻啊，明明是她们先找事的，你……"

　　沈燃扫了她一眼，眸光透着寒意，陈尤安瞬间鸦雀无声。

　　小提琴妈妈想了想，伸出手比了一个数字："我知道你们家有钱，这点儿对你们来说也算不了什么。"

　　辅导员赶紧打圆场："苗苗妈妈，这件事只是几个孩子闹矛盾而已，没必要弄成这样……"

　　"什么孩子不孩子的，都过了十八岁了，该承担法律责任了好不好！"

　　沈燃笑了下："对，该承担法律责任。"

　　他从钱包里拿出张卡："你要的钱我现在就可以给你。"

　　苗苗妈妈起身想去拿，刚伸出手，沈燃却继续道："现在，我来跟你算算我们这边的账。"

　　"什么意思？"

　　沈燃道："你也知道，我们家阮粟名气大，所以她的手上过保险你应该可以理解，保价为一千万。但这次的意外明显不在保险范围之内，麻烦你留一个号码，稍后我会让保险公司联系你，走相关程序。"

　　苗苗妈看着阮粟手背上的两道伤口，瞪大了眼睛："这擦破了点儿皮而已，也值得一千万？！"

沈燃和气地回答："没办法，谁让我们家阮粟名气大呢。"

到了楼下，陈尤安终于忍不住问道："你手什么时候上的保险，我怎么不知道？"

阮粟唇角抿了抿，露出一丝笑："骗她们的。"

给老师沈燃号码的时候，她脑海里是一片空白，不知道他会怎么处理，也不知道他会不会生气。

她只想着不能、绝对不能让她妈妈来这儿一趟，不然就完了。

陈尤安一愣，然后啧了声："我说呢。"

不过想起那对母女最后那副跟吞了苍蝇一样的表情，她就觉得解气。

沈燃声音很低："等下是不是还有课？"

阮粟闻言，轻轻点头。

今天一上午都有课，这节课还有十分钟就下了，这时候赶过去已经来不及了。

沈燃看了眼陈尤安，淡淡地道："给她请个假。"

陈尤安还没从刚才大快人心的氛围中回过神来，便下意识地回答了声："好。"

等她反应过来时，沈燃已经牵着阮粟走远了。

"喂，咦……"

从办公楼走到校门口这段距离，阮粟都不敢说话，只是瘪着嘴巴，鼓着大大的眼睛。

学校旁边，有一家咖啡厅。

因为现在还是上课时间，里面没有什么人。

沈燃牵着她走了进去，让小姑娘坐在椅子上："在这儿坐一下，我很快回来。"

阮粟声音软软糯糯的，乖巧得不行："好。"

沈燃走到前台，点了一杯热饮后，推开咖啡厅的门离开。

阮粟的目光一直随着他的背影移动，直到看不见。

很快，热饮上来。

阮粟是第一次经历这种事，心里有太多的不确定。

必定应该没有哪个男生，会因为女朋友打架而被当作家长叫到学校来。

而且，今天才是他们在一起的第二天，形象全毁了。

可她当时能想到的，就只有沈燃了。

想着，阮粟叹了一口气，单手撑在桌子上拖着腮帮子，有些惆怅。

该怎么办呢？

过了十分钟，沈燃回来，手里提了一个袋子。

他坐在阮粟旁边，看着她脸上的伤口，好看的眉头微蹙，嗓音比之前更低："疼吗？"

阮粟连忙摇头："不疼，就是擦破了点儿皮。"

沈燃从袋子里拿出消毒酒精和棉签，轻轻触在了她伤口上。

刺痛感瞬间传来，阮粟往后一缩。

沈燃给她吹了吹，声音缓而慢："出血了，要消毒才行。乖，忍一下。"

棉签再次轻轻触碰着她的伤口，冰冰凉凉的，再叠加着灼烧般的刺痛。

阮粟放在膝上的手收紧，忍了下来。

脸上的伤口处理好之后，沈燃给她贴上了绷带，又低下头，看着她受伤的那只手。

手上的伤比脸上的要重一些。

这次，不用他说，阮粟就已经乖乖地把手抬了起来。

沈燃脑袋微微垂着，拿着棉签给她消毒，力道始终很轻。

过了会儿，他低哑的声音才慢慢响起："以后不管在什么样的情况下，一定要保护好自己的手，不要受伤。"

阮粟望着他，眨了眨眼睛。

　　沈燃抬起头，揉了揉小姑娘的头发，轻声道："要是手受伤了，职业生涯就毁了，知道吗？"

　　阮粟盯着沈燃，隔了一瞬，才轻声问道："你的手，受过伤吗？"

　　沈燃拆绷带的动作顿了一下，给她贴在伤口上后，才低低嗯了一声："受过。"

　　"严重吗？"

　　阮粟声音不由得急切了几分，她隐隐能猜到，这应该和沈燃退役有很大的关系。

　　沈燃轻轻抬眼，对着一脸担心的小姑娘笑了下："不严重。"

　　"那你……"

　　"几年前的事了，已经好了。"沈燃收拾好用过的桌子上的棉签和酒精，看了眼腕表，"现在上课才二十分钟，回去还来得及。"

　　沈燃刚要起身，阮粟拉住了他的手："我不想回学校，我们现在去玩吧。"

　　沈燃勾唇，知道小姑娘是怕他回忆起往事伤心，不过都这么久了，他早不在意了。

　　他捏了捏小姑娘的脸颊，温声道："不可以，回去上课，乖。"

　　"可是我……"

　　"中午我来接你吃饭，嗯？"

　　阮粟还是不甘心："就一节不去，没关系的，我以前都没逃过课。"

　　沈燃挑眉，带了几分痞气："哥哥说的话都不听了？"

　　闻言，阮粟耳朵瞬间发烫，整张脸都红了。

　　她就知道，这关没那么容易过去……

　　好在沈燃没有在这件事上继续逗她，站起身后，朝她伸出手，薄唇压着笑："走了，小朋友。"

　　回到教室，老师正在讲课，阮粟从后面偷偷进去。

　　陈尤安正对着镜子看自己差点儿被毁容的脸，一转头见阮粟坐在她旁边，被吓得不轻："你怎么回来了？"

阮粟叹了一口气，趴在桌子上，没说话。

陈尤安看她脸和手都贴了创可贴，明显是被处理过了，顿时啧啧了两声，把脑袋压下来了一点儿："要我说你胆子也真是够大的，竟然把男朋友当家长叫来，还说是你哥哥，也不怕老师告诉你妈？"

阮粟把头转了个方向，这时候一点儿也不想理她。

"咦！"陈尤安不满地扯了扯她头发，"不过说起来也谢谢你了，要不是你男朋友来的话，我就得把我爸叫来了，一想到他跟个唐僧似的念叨，我就头皮发麻。"

过了会儿，陈尤安都快睡着的时候，阮粟突然转了回来："关于Dawn，你还知道多少？"

陈尤安打了个哈欠："我就看过他几场比赛，又不是他女朋友，我能知道个什么？"

"他……"阮粟犹豫了一会儿，"算了。"

她还是找机会自己问沈燃好了。

陈尤安道："你这人真没劲儿，提起了我的兴趣怎么就能算了呢？"

阮粟："……"

"STG现在的队长蒋文舟你知道吧？以前Dawn的替补，我有个朋友跟他约过，听她的意思，蒋文舟好像挺爱约的，只要长得漂亮的，来者不拒。"

阮粟听着有些茫然："约着打游戏吗？"

陈尤安："……"

她忍着脾气，咬着牙继续道："那你知道什么叫和粉丝有绯闻吗？"

阮粟放在桌上的手收紧，点了点头。

陈尤安松了一口气，总算能继续"科普"下去了："当初Dawn传出和粉丝有绯闻的时候，大多数人都是不信的，毕竟他成名也不是一年两年了，而且圈内人都知道他是个什么脾气，狂是狂了点，跟你似的，不过人品方面没有太大的问题。"

"但这件事闹得沸沸扬扬的，那个女生还自己出来哭诉，表面是为了Dawn开脱，实际上就是控诉他不负责任。本来Dawn出来辟个谣就好了的，可后面接连出现他打假赛、被富婆包养的事，就这么愈演愈烈。

"他倒好，连一句解释和澄清都没有，直接在比赛上宣布退役了，给了他队友和粉丝一个措手不及。这些事也就一直在发酵着，好多人就自然而然地开始骂他了，也没人再去关注真相到底如何。

"我们再来说和粉丝有绯闻这件事，当时比赛的时候，的确是有人看见了那个女生进Dawn的房间，不过只有极少数的人知道，他那天一直不在酒店。"

阮粟微怔："那你是怎么知道的？"

陈尤安面不改色："我就住在他隔壁房间，还去敲门了。"

阮粟不可思议地瞪大了眼睛："你……"

"那时候年轻嘛，谁年轻的时候还没做错过一两件事？"

陈尤安那时候挺喜欢Dawn的，也很欣赏他从来没输过的霸气。

她打听到他们住的是哪个酒店后，就想方设法跟了过去，她鼓起勇气去敲门，想要个签名合影什么的。

谁知道她敲了半天里面都没什么反应，后面还是保洁过来告诉她，这个房间的客人一早就出门了，看样子是应该还没回来。

陈尤安只能回房间，到了晚上九十点钟，她听到门外有脚步声，以为是Dawn回来了，本来想趁着他进门之前把签名搞到手的，结果她刚一拉开门，就发现外面站着一男一女。

女的就是后来出来哭诉的女主角，至于男的，戴了一顶鸭舌帽，看不清脸。

陈尤安虽然没瞧见过Dawn的正脸，但也是看了好几次比赛了，大致能通过轮廓和身形来判断，她第一眼就能肯定，这个人不是Dawn。不过到底是谁，和她也没什么关系。

阮粟皱着眉："那你为什么以前没有说过？"

陈尤安觉得她莫名其妙："就算他与粉丝无瓜葛，可他比赛只拿了第三名是事实吧，拿不到第一的人不配我喜欢，既然如此，那我为什么要帮他解释澄清？"

阮粟实在是无法理解她的脑回路，她认真地道："陈尤安，你放心，我会更加努力的，这辈子你都别想超过我了。"

陈尤安："……"

"你这人怎么回事，我好心给你讲解了半天，你怎么还带人身攻击呢？"

阮粟这回是真的不想理她了，拿着书挪到了旁边的位置。她也知道这件事的关键问题不在于陈尤安，但她也无法想象，这件事给沈燃带来的伤害有多大。

她现在只是气自己，明明都已经知道真相了，却什么都做不了。

陈尤安看着她的背影，突然出声道："我早就发觉你不对劲儿了，你是不是认识Dawn？"

陈尤安刚问完，下课铃就响了。

阮粟起身，去老师那里销假，老师也知道了前不久发生的事，没说什么，直接给她处理了，还叮嘱了她几句，让她不要把这件事放在心上。

老师一走，陈尤安就过来，还是一副盛气凌人的样子："走啊，吃饭去。"

阮粟摇头："你自己去吃吧，我约了人。"

陈尤安："……"

见色忘义的女人！

阮粟抱着书，出了教室，往校门走的这一段路上，她一直都有些心不在焉，在想陈尤安之前给她说的那些话。

她想要帮沈燃，却不知道该怎么提起，也不想揭开他过往的那些伤疤。

阮粟长长叹了一口气，正想得出神的时候，脑袋却"嘭"一声撞到了什么东西。

男人低沉带笑的嗓音在头顶响起："小朋友，前面没路了。"

阮粟抬起头，见沈燃站在面前，他身后，就是一堵墙。

小姑娘唇角止不住地扬起，眼睛弯成了一道月牙："你什么时候来的呀，等很久了吗？"

"刚来。"沈燃接过她手里的书，"去食堂还是外面吃？"

阮粟想了下："外面吧。"

食堂这会儿人多。

阮粟走在沈燃旁边，四下看了看，见大家都各走各的后，才伸出手，悄悄拉住他的手指。

谁知道刚一碰上，沈燃就握着她的手，揣到了他的衣服口袋里。

小姑娘的手冰凉，像是没有温度。

沈燃把她手握得更紧了一些，低声问道："还疼吗？"

阮粟的注意力还在手上，闻言愣了一瞬才反应过来他问的是什么，连忙摇头，声音乖巧："不疼了。"

沈燃道："这两天伤口先别沾水，吃点儿清淡的。"

阮粟眨了眨眼睛："可是我……想吃火锅。"

"伤好了再吃。"

见小姑娘瘪嘴，沈燃捏了捏她掌心，声音低低的，带了几分诱哄："下午带你去玩，嗯？"

周五回家的时候，阮粟对着镜子反复看了很久，又用粉底遮了遮，确定脸上的伤基本看不出来以后，才开始收拾东西。

安楠趴在床上，一想到自己没参与那场混战就觉得可惜："西米，下次再遇到这样的事，你一定要第一时间给我打电话，我非得给她点儿颜色瞧瞧不可。"

阮粟笑了笑："还是别了，这次是意外，老师说要是再出这种事，就得给处分了。"

"唉……不过我还真是没想到陈尤安居然还挺有骨气的，说干就干。"

这时候，陈尤安从卫生间出来，依稀间听见了自己的名字，不由得皱眉："你们又背着我说我什么坏话了？"

安楠翻了个身咂了咂嘴："说你长得漂亮。"

陈尤安嗤了一声，对阮粟道："星期天下午要练习，你要是不想再被人说端着架子的话，最好早点儿来学校。"

这一架打得小提琴女生被换了下去，老师又重新选了一个人来，加上之前那个拉中提琴的女生，还是四个人。

阮粟把最后一件东西放进口袋里："知道了。"

回到家，阮粟还是怕周岚看出她脸上的伤来，连饭都没吃，直接进了房间。

不一会儿，周岚来敲门，阮粟探了半边小脸出来。

周岚问："是哪里不舒服吗，怎么不吃饭？"

"我回来前吃了一点儿水果，现在还不太饿。"

"那也得吃饭才行，我让阿姨煲了你最爱喝的汤，一会儿给你送上来。"

阮粟轻轻点头："谢谢妈妈。"

周岚看了眼摆在屋子里的大提琴："刚刚在练习吗？你们老师今天上午给我打电话了，校庆的事好好准备，你现在正好就是需要这种大场合的演奏。虽然你现在恢复得不错，但还是不要掉以轻心，保持状态，有空的话多去找方阿姨聊聊。"

阮粟听周岚说老师上午给她打电话了的那一秒，心都悬到了嗓子眼，头皮都紧绷着。

不过看她妈妈的神情，老师应该是没有提起打架的那件事，自然也肯定不会说她找她哥哥去了学校。

"我知道了，我会联系方阿姨的。"

周岚颔首，走了一步又折了回来："西米，你马上就要二十岁了，已经是个大人了，过多的妈妈也不想去要求你，逼迫你，很多事你自己心里有个数就行。你爸爸那边你想见就见，想去他那里住，给我说声就行。"

周岚走后，阮粟重新坐在凳子上，拿起大提琴继续练习。

到了十一点，阮粟才放下琴弓，垂眸看了一会儿指尖的茧以后，才看向手背上已经结疤了的伤痕。

虽然沈燃没有说，可是她能知道，他手受过的伤，肯定很严重。

阮粟起身，拿起手机趴在了床上。

她本来是想给沈燃发消息的，但是字打到一半，又都全部删除，直接拨了语音电话过去。

响了一会儿，沈燃才接通。

男人的声音充满磁性："练习完了？"

阮粟翻身换了个姿势："嗯，你在忙吗？"

沈燃道："稍微有点儿，等我一下。"

小姑娘回答得软软的，道："好。"

那边，沈燃没再说话，传来的只有键盘的敲击声和鼠标声。

在等待的过程中，阮粟抓过床头的小粉兔子抱在怀里，又拿过一旁的平板，在视频软件上，再次搜索了Dawn这个名字。

这里，还保存着Dawn从开始打职业赛到退役期间的比赛视频。

阮粟戴上耳机，悄悄看了起来。

她没玩过这个游戏，也不太看得懂，就开了弹幕。

千万条弹幕蜂拥而来。

"第965次来重温我偶像的神级操作，呜呜呜，我真是爱了。"

"哈哈哈哈，这打得牛啊，你看那几个老外，脸都青了。"

"这可是我Dawn神拿到世界冠军的赛事回顾啊，保存了。"

"Burn粉丝观光团前来报到。"

结束这一把后，沈燃直接退出了游戏。

他取下耳机，点了支烟，缓缓喊了小姑娘一声。

电话那边，迟迟没有反应。

沈燃掸了掸烟灰，薄唇勾起一抹笑，放轻了声音："阮粟？睡着了吗？"

阮粟这次才听到他的声音，连忙取下耳机，把平板关了："没有，我刚才在看其他东西，你忙完了吗？"

"完了。"沈燃关了电脑，窝进了沙发里，瞥了眼时间，"困了吗？"

"还没。"阮粟话音刚落，就打了个哈欠，她连忙捂住嘴巴，可声音还是泄了出去。

沈燃喉咙里溢出低低的笑，语调温柔："我明天打给你？"

阮粟摇了摇头后，才反应过来他根本看不见，她换了个姿势趴着："我可以问你个问题吗？"

"嗯？"

不知道是不是深夜的原因，阮粟觉得他的声音比平时都还要低沉磁哑，尾音微微上扬，听得她耳朵都有点儿发麻。

阮粟手肘撑在床上，双手捧着脸，逐字逐句地斟酌道："以前喜欢你的女孩子多吗？"

沈燃等了一阵，没想到小姑娘问的是这个，他黑眸里浮起笑："怎么突然想起问这个？"

"没什么，我就是……随便问问。"

阮粟脑海里现在闪过的，全是弹幕上不少粉丝称呼他为"老公"的话。

沈燃比她大几岁，经历的事比她多，接触的人也比她多，说不定那些人中间，还有他以前喜欢的女孩子。

电话里，小姑娘的声音闷闷的，似乎不太开心。

沈燃唇角笑意加深："不算多。"

阮粟鼓了鼓嘴，小心翼翼地问："那你有喜欢的女孩子吗？"

"有啊。"

听到这个回答后，阮粟觉得自己像是被灌了一口醋，浑身都酸酸的，忍了忍还是没忍住："她……是什么样的？"

沈燃挑了一下眉，音调缓而且慢："很漂亮，很可爱，说话的时候声音软软的，但却可以为了喜欢的东西一直坚持下去，比谁都勇敢。"

阮粟揪着小兔子的耳朵，心里不是个滋味。

他以前喜欢的女孩子，真的好优秀啊……

沈燃忍着笑，重新点了支烟："还要我继续说下去吗？"

"嗯……你继续说吧。"

沈燃声音低低的，道："她今年十九岁，还差十多天满二十岁，中文名叫阮粟，英文名叫Simin，粉丝叫'西米露'。她从五岁开始学习大提琴直到现在，热爱大提琴胜过一切，喜欢吃甜的和辣的，喜欢小玩偶，不喜欢一个人待着。"

"开心的时候笑起来很甜，眼睛弯弯的跟月牙一样。难过的时候喜欢把一切都闷在心里，不愿意说出来……"

沈燃说着，停顿了下："还有什么要补充的吗？"

阮粟已经听愣了，一时竟然不知道该说什么："我……"

她还以为他说的是他以前喜欢的女孩。

沈燃道："我没照顾过女孩子，有什么地方做得不好，或者是让你不开心了，你告诉我，我改。嗯？"

阮粟躺在床上，脑海里只剩下沈燃说的那些话。

她抱着小兔子，脸上的笑怎么都控制不住，在床上滚过来滚过去，开心得不行。

开心了大半夜后，阮粟发现自己彻底睡不着了。她又打开平板，继续看之前的比赛。

每一场，都记录着沈燃曾经最辉煌的时刻。

她也要更加努力才行。

咖啡厅里，陈尤安看着不停打哈欠的阮粟，十分不满道："你这周末做贼去了吗？"

旁边，安楠扬着脖子回道："我们家西米认真练习行不行啊，不像有些人，练了也是白练，永远都是第二名。"

陈尤安气得不行："我还没说你呢，我们两个练习，你一个舞蹈系的跑来做什么！"

"我怎么就不能来了，这里写了你的名字吗？哪儿呢哪儿呢？啊啊啊？"

听着她们两个吵得不可开交，阮粟又打了一个哈欠，趴在桌子上开始补觉。

这两天除了下楼吃饭，她一直窝在房间里补看沈燃以前比赛时候的视频，她以前练习时也经常不出门，期间她妈妈只是偶尔会来送点儿水果和点心，让她累了就休息一会儿。

阮粟也不敢说自己其实没在练习，好在她妈妈没有多问什么。

等她睡醒，已经是半个小时以后了，陈尤安和安楠已经从吵架升级成了冷战。

谁也不和谁说话。

只要对视，就互相"哼"一声转过头看向其他地方。

阮粟："……"

这两人幼不幼稚？

她揉了揉眼睛："我们还是找个地方练习吧。"

陈尤安抱着胸，神情冷傲："地方哪有那么好找？只有回学校。"

陈尤安的安排是，她们两个先磨合，另外两个也先一起练习着，等两边都磨合得差不多了，再来一起练习，这样省时也省力。

阮粟张了张嘴，本来想说游戏厅旁边的那间练习室的，但转念一想那是她和沈燃的秘密基地，就没提起。

从咖啡厅出来，阮粟一转头就看见顾从南进了一旁的网吧。

男孩子进网吧打游戏很正常，阮粟也没过多在意，站在路边等车。

这会儿这条路上有点儿堵，车迟迟没有来。

过了一会儿，阮粟看见顾从南走出网吧，又进了街对面的那家网吧，没过几分钟，又出来了，满脸都写着暴躁与不耐，像是随时都要拿着凳子上去跟人干一架。

他是在找人吗？

想起上次遇见顾从南一个人在街边喝酒，阮粟总觉得有点儿放心不下。

安楠喊她："西米，车来了，走吧。"

阮粟道："我看到一个朋友，你们先回去，我很快就来。"

说完后，阮粟趁着绿灯跑着过了街。

安楠收回视线，和陈尤安互相瞪了一眼后，一个坐在了副驾驶，一个坐在了后排。

阮粟跑到顾从南身边，他正拿着手机，搜索着附近其他的网吧。

"顾从南。"阮粟轻轻喊了他一声。

顾从南回过头，眉头还是皱着："你怎么在这里？"

"我有点儿事，你在找人吗？"

闻言，顾从南看了一眼手机，快速将手机揣到了衣服口袋里，否认道："没有。"

他已经从阮粟学校周围开始，把所有的网吧都找了一个遍，可依然没有找到沈燃。

但是除了网吧，他又不知道该去哪里找他。

阮粟知道他不愿意说，也没继续这个话题，又道："那你现在是要回学校吗？"

顾从南眉头皱得更深："不想回去。"

回去一个人待着更烦。

还不如在外面瞎逛。

阮粟想了一下，还是开口："我带你去一个地方吧，你应该会喜欢的。"

"你们女孩子喜欢的地方，我怎么可能……"

他话还没说完，就被阮粟拽住胳膊，女孩的声音清清亮亮的，带着笑意："走吧，你肯定会喜欢的。"

去游戏厅的路上，阮粟在群里发了一条消息，说她要晚点儿回去，让她们先回宿舍。

顾从南走在阮粟身边，眉目间的戾气相对之前减少了许多："你演出障碍好了吗？"

"应该算是吧……"阮粟顿了顿，"方阿姨最近忙吗？"

"还不就那样，我周五回去她还让我没事多找找你，怕你想不开。"

阮粟抿唇笑了下，试探着问："你……没和方阿姨吵架吧？"

顾从南道："我没事跟她吵架做什么，她那个性格你又不是不知道，温温吞吞的，还不如我跟我爸吵一架来得痛快。"

"那就好。"

上次顾从南问她"你恨你妈妈吗"时，她就在猜，顾从南是不是和方阿姨闹矛盾了。

看这个样子，那应该也不是。

而且他们关系挺好的，再怎么吵架也用不上"恨"。

顾从南又道："我听我妈说，你明年就要出国了？"

阮粟呼了一口气，缓缓点头。

"我爸也想让我出国，可我没兴趣，我不想念书了。"

"国内挺好的，留在这里念书也……"

顾从南打断她，声音闷了儿分："我不想念了，不管是国外，还是国内。"

阮粟转过头看他，脸上满是诧异："为什么？"

此时，已经走到了游戏厅的巷子门口。

顾从南敛了眸色，不知道在想什么，过了会儿才道："我想玩电竞，打职业赛。"

阮粟大概没料到他想做的竟然是这个，一时不知道该怎么回答。

　　顾从南又道："可我已经二十岁了，起步太晚，我问了好几个俱乐部，他们都不建议我去。"

　　"你……爸妈知道吗？"

　　"还没，我还没想好怎么说。"顾从南吸了一口气，"算了不说这些了，你说的那个地方在哪里？"

　　阮粟指了指前面："不过你要答应我，不能把我带你来这里的事告诉我妈妈，你妈妈也不行……"

　　"知道了，我像是那种会打小报告的人吗？"

　　顾从南刚要走，阮粟又拉住他："等等……还有一件事……"

　　她犹犹豫豫的，不知道该怎么说她在谈恋爱这件事。

　　"我都跟你说了这么大的秘密了，你难不成真害怕我告发你吗？"

　　阮粟道："就是……反正今天在这里发生的所有事，你听到的看到的，都不能说出去。"

　　顾从南挥了挥手，往前走着，道："多大个事儿，搞得跟当间谍似的。"

第17章
不想提我的过去

进了游戏厅，阮粟没在收银台看到沈燃，只有林未冬在那里打瞌睡。

她走过去，刚要拿出手机扫码，林未冬就醒了，他抹了抹嘴角，抬头就看见了阮粟，刚好旁边的手机里传来一条进账提醒，他打了个特大的哈欠："你怎么还给上钱了呢？"

阮粟听见他的声音，低头看向他笑了下："我带朋友来玩，沈燃……不在吗？"

"他去看他奶奶了。"林未冬转过头看了眼墙上的钟，装了一筐的游戏币递给阮粟，"你先玩会儿，他应该快回来了。"

林未冬往她身后看了一眼，眯着眼扫视着站在游戏厅里皱着眉，从头到脚一身名牌似乎与这里格格不入的男生，扬了扬下巴："那就是你朋友吗？"

阮粟点了点头："那我先过去了。"

林未冬嘴角露出一抹意味深长的笑容，道："去吧去吧。"

他家西米终于有了新的追求者，沈燃的危机终于来了。

阮粟拿着游戏币走到顾从南身边："你有什么想玩的吗？"

顾从南左右看了看，满脸都写着嫌弃："怎么不去电玩城，非要来这种小破地方？"

嘴上说着，他还是伸手抓了一把币。

顾从南刚往前走了一步，就看到从门口进来的人，目光猛地顿住。

同一瞬间，沈燃也看见了他，黑眸逐渐转寒，周身冷意明显。

阮粟抬头发现沈燃回来了，脸上瞬间露出笑容，正要挥手喊他，却察觉到气氛好像有点儿不对。

她从来没有在沈燃脸上见到过这种神情，冰冷不带丝毫感情。

这是……怎么了？

阮粟又转过头看向顾从南，发现他像是被人钉住了一般站在那里，眼睛死死盯着沈燃。

几秒后，沈燃移开视线，迈着长腿走向阮粟，牵着她的手离开。

走到门口，顾从南的声音突然响起："沈燃！"

他这一声喊得尤其大，整个游戏厅的人都听见了，纷纷看了过来。

沈燃停下脚步，薄唇紧抿着，五官冷硬。

阮粟这才意识到，她好像做了一个错误的决定，她不该带顾从南来这里的。

沈燃松开阮粟，偏过头看向她，神情缓和了几分，声音低沉嘶哑："你先回学校，我晚点儿去找你。"

虽然他已经极力克制了，可阮粟还是能感觉到他拼命压抑的怒气。

阮粟抓住他的手，轻轻点头："我等你。"

沈燃扯着唇对她笑了下："乖。"

等阮粟走了以后，沈燃才慢慢收回视线，面无表情地看着顾从南，音线冷寒："出去。"

这时候，几乎所有人都凑到了收银台，用眼神询问着林未冬这又是怎样一番爱恨情仇。

林未冬也很懵，他认识沈燃这么久了，他身边的那些朋友也七七八八知道一些，但这个和西米一起来的男生，他从来没见过。

但看沈燃对他有这么大的敌意，应该有一段很深的恩怨纠葛。

现场的气氛实在是太紧绷，导致他们连大气都不敢出一下，只是目不转睛地看着眼前这两人。

顾从南还是没动，双手紧握成拳，声音像是从喉咙里挤出来似的："我有事要问你……"

沈燃神情冷漠："我再说一遍，出去。"

顾从南从小到大衣食无忧，被父母捧在手心长大，一身的富家公子哥脾气，活了二十年，没有像现在这样，被人接连着两次赶出门，难堪到了极点。

但他依然没动，他找了沈燃很久，好不容易才见到他，如果错过了这次，说不定以后就再也没有机会了。

沈燃冷着脸，往房间走。

顾从南看着他的背影，没忍住吼了出来："你之所以退役，是不是因为我？"

这一句被他积压在心底三年的话，终于爆发，夹杂着无数复杂的情感。

像是质问，又像是迫切地想要得到一个答案。

所有围观的人倒吸了一口凉气，这两人到底是什么关系？

沈燃站在门口，唇角勾起一抹冷嘲："你？配吗？"

说完，进了房间，将门关上。

游戏厅里，安静了下来。

十秒后，顾从南冲了出去。

一群人重新恢复呼吸，还没来得及提问，林未冬就道："今天先到这里了，都回去回去，我们要关门了。"

当人都走得差不多之后，林未冬把门拉上，在原地踱步了一会儿，才去敲沈燃的门。他清了清嗓子："你不是要去找阮粟吗，什么时候去？"

过了许久，房间门被拉开，一股子烟味冲了出来。

沈燃眉目间都被一层冷寒的雾气所笼罩，他抬手摁了摁太阳穴："晚点儿再去。"

"你刚才那样，她这会儿肯定担心着呢，你……"

沈燃靠在门上，闭上眼睛平缓了一下情绪，低声问道："我刚才很吓人吗？"

林未冬嘴角抽了抽："那可不是，你面对蒋文舟的时候都没这么可怕，不知道还以为刚才那小子跟你有什么深仇大恨呢。对了，我得提醒你一下，那小子是阮粟带来的，是她朋友。"

沈燃闻言，睁开了眼睛："阮粟的朋友？"

"不然呢？你自己想想你给人小姑娘造成了多大的心理阴影。"

沈燃薄唇抿成一条线，黑眸里的情绪愈发深沉。

林未冬叹了一口气，从冰柜里拿了几罐啤酒过来："知道你心情不好，来来来，我今天就舍命陪你了。"

说着，他就想往房间里钻。

沈燃一脚把门踢上，斜睨了他一眼："出去喝。"

林未冬："……"

他不满地嘀咕着："我真的怀疑你是不是在里面藏了个女人。"

沈燃从他手里拿了罐酒，往前走了几步，靠坐在游戏设备上，单手拉开易拉罐，仰头喝着。

林未冬坐在他对面，喝了一口酒后，沉声道："沈燃，咱俩认识这么久了，在人生最低谷的时候互相扶持着走了出来，你现在呢，和我们家西米在一起，也准备复出了，一切都朝着好的方向发展。"

"关于网上那些传闻，到时候应该怎么去应对，我相信你心里都有数，所以也从来没有多问你，不过现在看来，有些事我还是有必要知道的。"

沈燃重新开了一罐酒，没说话。

"你不和我说没关系，但你总得和阮粟解释吧，难不成你还真让她背着一个男朋友曾经被富婆包养的名声吗？人家是音乐世家，天才大提琴少女，家教修养都好得不行的乖乖女，就因为你背上了这污名，你良心过得去吗？"

过了许久，沈燃捏扁了手里的易拉罐，垂着头，声音听不出来什么情绪："三年前KOT复赛时，我打了第三名。"

"嗯，那些人说你收钱了，不过我也很奇怪，你那场的发挥确实有问题。"

沈燃看着自己的右手，语气很淡："骨折了。"

林未冬倏地瞪大了眼睛："不是，什么时候的事，你怎么从来没说过？"

他之前以为沈燃是觉得那些谣言太傻不想理会，加上蒋文舟的那些破事，才不想打电竞的。

却从来没想过，他的手竟然受过伤。

三年前的沈燃已经是职业生涯中黄金年龄的末尾了，但是按照沈燃的水平，再打两年维持第一是绝对没有问题的。

可偏偏在这个时候，他的手却受伤了！

职业选手最重要的就是手，平时保护得跟什么似的，一下就给整骨折了。

就算是治疗，也恢复不到以前的状态，这不是逼着他退役吗？

林未冬猛地站起来，气势汹汹的，一副要去找人干架的样子："是不是就那小子给你弄的？我现在就去找他算账！"

沈燃道："和他无关。"

"他不自己都承认了吗，怎么就无关了？"

沈燃自嘲般笑了声："是我自己，活该的。"

三年前他生日，那个女人联系到他，说要给他过生日。

饭还没开始吃，她接到电话，说她儿子和人家打架，让她赶紧去一趟。

他放不下，跟了过去。

在那个女人生下他就选择离开的时候，就已经注定了她不会要他。

竟然还抱有期待，这不是他自己活该的吗？

沈燃将最后一个空了的易拉罐放下："我洗个澡去找阮粟，你没事就先回去。"

说完，转身进了房间。

林未冬无声地摇头，沈燃这家伙怎么这么精，他现在才反应过来他在无声中转移了话题，关于被包养的那件事，他还是没有讲清楚。

不过，直觉告诉他，这两件事之中一定有着某种联系。

沈燃到现在都依然不愿意提起，可见对他造成了多大的伤害。

那应该是他心底最黑暗，最不愿意提起的一段过往。

林未冬想了一会儿，拿出手机，给阮粟发了一条短信。

阮粟离开游戏厅也没走多远，就在巷子口等着。

她靠在墙壁上，现在整个脑子都是混乱的，除了自责就什么都不剩下了。

直到接到林未冬短信的时候，她才回过神来。

林未冬说，沈燃马上就出门去找她，让她不要担心。

阮粟看了一眼后，将手机揣在衣服口袋里，往学校的方向走去。

到了宿舍楼下，她坐在长椅上，紧紧握着手机，怕错过沈燃的消息。

冬天的天总是暗得很快，刚过五点整个天空就阴沉了下来。

凛冽的寒风夹杂着冰凉的小雨肆虐着，枯黄的树叶被吹动在地上发出飒飒的声音。

不知道过了多久，阮粟肩膀被盖上了一件外套。

她下意识抬头，漂亮的眼睛亮了起来："你来啦。"

沈燃屈膝蹲在她面前，替她拢紧了外套的领子，眉头微皱："怎么不进去等。"

阮粟冲他笑："没事，我穿得多，不冷。"

沈燃握着小姑娘放在膝上的手，冷得刺骨。

他拉着阮粟起身，进了旁边的奶茶店。

沈燃买了杯热奶茶放在阮粟面前，低声道："先暖暖手，还想吃其他什么？"

阮粟双手握着奶茶，点了几个她平时和安楠来这里最喜欢吃的东西。

点完餐后，阮粟才想起来她还穿着沈燃的衣服，她把衣服脱下来："我现在是真的不冷了，你赶紧……"

沈燃沉声道："穿上。"

阮粟鼓了鼓嘴，又把衣服穿了回去。

她把奶茶插上吸管，推到沈燃面前："那你喝点儿这个。"

沈燃看向小姑娘，唇角勾了勾，低头喝了一口。

阮粟眼睛亮亮的，道："好喝吗？"

"嗯。"沈燃抓住她放在桌上的手，薄唇微抿，"怎么还是这么凉？"

这会儿奶茶店也没什么人，阮粟也不知道怎么的，脱口而出道："你给我捂捂就不冷了。"

说完后，她耳朵立刻就红了。

阮粟看向别处，空着的那只手拿回奶茶，装作若无其事地喝着。

沈燃唇角笑意扩大，握着她的那只手没有松开，等这只手稍微暖一点儿之后，才道："那只给我。"

阮粟放下奶茶，乖乖地把另外一只手伸了过去，眼睛弯弯的，像是一道月牙。

过了一阵，沈燃道："今天吓到你了吗？"

"没有……"阮粟垂下头，"我不该把他带过来的，对不起。"

沈燃顿了顿，看向她，低缓着声音，道："阮粟，这件事不是你的责任，都是我的问题，你不用自责。嗯？"

"可是我……"

沈燃道："还有就是，我不知道顾从南是你朋友，当时没照顾到你的情绪，抱歉。"

阮粟连忙摇头："你不用跟我道歉的，这也不是你的责任……"

沈燃笑了笑："那这件事就到此为止？"

"好！"

这时候，刚好甜品上来。阮粟的两只手也捂得差不多热了，沈燃挑眉道："先吃东西。"

阮粟用手叉起一块水果，递到他面前："啊……"

沈燃薄唇弯起，低头咬过。

对面，小姑娘笑容甜甜的，单纯又美好。

他不想骗她，却也无法说出口那些不堪的过往。

幸好，她没有继续问下去。

吃完东西，阮粟又打包了几样东西，打算给安楠和陈尤安带回去。

走到咖啡厅门口的时候，阮粟把衣服还给沈燃："外面冷，你快穿上。"

沈燃接过，把衣服穿上后，自然地牵住小姑娘的手，揣在了衣服口袋里。

阮粟唇角抿起，梨涡浅浅的。

这会儿外面的小雨已经下大了，寒风夹杂着雨水，冷得刺骨。

站在宿舍楼下，沈燃把阮粟的外套帽子拉起来，给她罩在她头上："快回去吧。"

阮粟望着他，眨了眨漂亮的眼睛，没说话。

沈燃挑了下眉："怎么了？"

"现在时间还早，我们还可以再待会儿。"

"外面冷，别感冒了。"沈燃隔着帽子揉她脑袋，"明天我来接你吃早饭，嗯？"

阮粟鼓着嘴，勉强地点点头。

他们都两天没见了，她不想就这么分开。

沈燃垂着眸子，看见了小姑娘脸上的失望，喉咙溢出低低的笑，在她要转身离开时，轻声喊她："阮粟。"

阮粟再次望向他，下意识地道："啊……"

一个字的音节未落，她面前的所有光线都暗了下来，男人温凉的唇瓣覆上了她的唇。

阮粟睫毛动了一下，睁开眼睛看着他。

尽管什么都看不到。

沈燃抓着小姑娘帽子的两侧，轻轻咬了咬她的下唇。

路灯下，小雨阴绵朦胧，像是隔着层层远景，再重叠在了一起。

　　偶尔会有回宿舍的学生，但都是埋着头往里面跑，压根儿没注意到角落里的人影。

　　阮粟回到宿舍的时候，整张脸都还是通红的。

　　陈尤安抱着大提琴一脸不满地看着她："你一下午跑哪儿去了？"

　　"人家干吗用得着跟你报备啊，而且她不是发了短信吗，说有事让你自己先练习着。"

　　"我……"

　　为了防止她们两个再吵起来，阮粟赶紧把打包回来的甜品放在桌上："给你们带的，快吃吧。"

　　陈尤安瞥了一眼，不屑地哼了一声："你以为用这个就能收买我吗，我告诉你，想都别……"

　　她说话的时候，安楠已经跑下来了床："你不吃正好，我一个人吃。谢谢西米宝贝。"

　　陈尤安见状，连忙放下大提琴走了过来："谁说我不吃了，她是给我们两个人买的，你一个人吃得完吗？"

　　阮粟抿唇笑，拿了换洗的衣服去卫生间。

　　洗完澡，阮粟擦了擦镜子上面的雾，开始吹头发。

　　脑海里，却满是刚才沈燃亲完她以后，将她抱在怀里，在她耳边说的话："小朋友，快回家，外面很危险。"

　　声音带笑，低沉又沙哑。

　　他说的是正经话，但却哪哪儿透着一股不正经。

　　阮粟想到这里，拿吹风机的手抖了一下，卷了好几根头发进去，疼得她瞬间就拉回了思绪。

　　阮粟关了吹风机，揉了揉被扯痛的头皮，看了会儿被卡在吹风里的头发，没忍住又弯了唇角，小脸红扑扑的。

　　阮粟把头发吹好后，收拾了一下就出了卫生间。

宿舍里，陈尤安和安楠已经吃饱开始做自己的事了。

陈尤安一边拉着大提琴，一边看向阮粟，几次欲言又止。

"怎么了？"

陈尤安扭过头哼了一声："别以为你给我带吃的我就会感谢你，当是弥补你下午放我鸽子了的事。"

闻言，阮粟笑了笑："你怎么想都行。"

"我再提醒你一句，我有朋友在柯蒂斯音乐学院，她说校方好像已经听说你在最后一场巡演上拉错了一个调的事了，你也知道他们有多严格。所以我劝你这段时间还是别想什么情情爱爱的，最好把你的心思放在音乐上面。"

阮粟听完，情绪没有特别大的波动："知道了，谢谢。"

她穿上外套拿起手机，到了阳台，拉上了玻璃门。

陈尤安："……"

这人到底是知道了还是在敷衍她？

外面的雨还在淅淅沥沥地下着，整个宿舍区都很安静，平时楼下依依不舍缠缠绵绵分别的情侣都没有了。

吹进来的每一寸冷风，都带着寒湿的凉意，像是刀子一样刮在脸上。

阮粟站了一会儿，才拨通了顾从南的电话。

隔了很久，那边才接通。

顾从南那边的声音一会儿吵闹，一会儿安静，阮粟分不清他到底在哪里。

她没开口，顾从南也没开口，电话两端都沉默着。

过了一会儿，阮粟轻轻出声道："你又在喝酒吗？"

顾从南声音嘶哑得厉害："嗯。"他看着面前显示屏上还在播放的画面，喝完瓶子里的酒，突然开口："你认识沈燃？"

阮粟回答得很直接："他是我男朋友。"

电话那头，陷入了无休无止的沉默。

阮粟就这么静静地等着，其实她也不知道该说些什么。

问顾从南和沈燃怎么认识的，还是问他们两个是什么关系？

今天晚上沈燃来找她，很明显不愿意说。

既然她没有问沈燃，也不会去问顾从南。

只是她知道，顾从南现在的心情不会很好，她不怎么会安慰人，不知道他们之间发生了什么，她也完全不知道应该怎么做。

顾从南再次开口："阮粟，你觉得我讨人厌吗？"

"不。"

"即便是我曾经做了伤害沈燃的事，你也觉得我不讨厌吗？"

阮粟沉默了一下："我相信你不会故意伤害他的。"

顾从南又道："那你觉得我是一个好人吗？"

"是，你和方阿姨都是。"

顾从南终于笑了，笑得有些控制不住："阮粟，你太单纯了，没人告诉你永远不能只看一个人的表面吗？"

笑着笑着，他停了下来，语气里夹杂了些悲凉，像是在自嘲："我不是什么好人，我妈……也不是。"

阮粟闭了闭眼："顾从南，我问你一个问题。"

"说吧。"

"沈燃曾经因为你，受到的那个伤害，大吗？"

电脑屏幕里，正好播放的是Dawn的操作画面，流畅又利落。

顾从南靠在椅子上，双眼没什么焦距："很大，可以说，是我毁了他的一生。"

接下来的时间里，阮粟大部分时间都在和陈尤安还有其他两个女生为校庆的事做准备。

每天除了练习就是练习，除了沈燃会来陪她吃饭以外，她基本没有时间去找他。

顾从南那边，好像就这么安静下来了。

她偷偷问过林未冬，他说顾从南也没再去游戏厅。

吃完晚饭，沈燃把阮粟送到礼堂门口，嗓音低沉有磁性："明天还是要练习吗？"

阮粟点了点头，腮帮子鼓起，道："不过下星期就是校庆，等结束后就不会这么忙了。"

她好想每天都能多和他待一会儿。

小姑娘委委屈屈地，像是他以前养的那只流浪猫，浑身上下都透着可怜劲儿。

沈燃轻笑了声，抬手揉着她的头发："进去吧，明天见。"

阮粟朝他挥了挥手，不情不愿地往礼堂里面走。

游戏厅里，林未冬见沈燃回来，忍不住啧了声："你现在就像是一个新婚不久被事业有成的妻子，抛弃在房中的深闺怨夫！"

沈燃："滚。"

林未冬道："KOT的预热赛下个月底可就开始了，你现在连战队都没有加入，合着到时候真一打四啊？"

沈燃坐在电脑前，扫了眼屏幕，淡声道："让你找的人找到了吗？"

"没，估计是拿着蒋文舟的钱不知道躲哪儿潇洒去了，我真是服了这女人，太恶心了。"

就算是他们现在找到了战队，那也还需要和队友磨合，一个月的时间也不一定够。

更何况，他们现在连战队的毛都没看见一根。

林未冬觉得，沈燃这次复出，就是出师未捷身先死。

太惨了。

沈燃道："先继续找。"

"那战队的事呢？"

"我来想办法。"

林未冬皱眉："蒋文舟已经明里暗里打点过了，小的俱乐部怕得罪STG不敢要你，大的俱乐部倒是乐意你去，只是你愿意去吗？"

现在大的俱乐部，很多都是当年沈燃还在打比赛时的老牌战队，曾经都是对手。

而且当年那些战队在沈燃手里输得太惨，现在好不容易逮到了机会，怎么可能不一洗前耻，到时候还不知道怎么排挤嘲讽他呢。

至于这几年新起来的俱乐部吧，那也不是傻的，沈燃身上的丑闻一件都没洗干净，他们签他就是冲着他的名声，能吸引一波热度和关注度，让不让他上场都难说，甚至极有可能低价签了就雪藏。

这对他们来说完全没有任何损失。

沈燃点了一支烟，黑眸平静无波："总有合适的。"

林未冬又叹了一口气，正在惆怅的时候，沈燃起身。

他眼睛一亮："你是打算去找合适的战队了吗？"

沈燃懒懒地道："明天阮粟生日，我去给她买礼物。"

"……"听听，能说出这话的还是个"人"吗？

见沈燃离开，林未冬连忙跟了上去："我也要去，给我们家西米买礼物这种事怎么能少了我？"

说着，他朝一旁打游戏的秦显喊了声："看着点儿店啊。"

秦显："……"

合着现在这两位老板，都视这家游戏厅如粪土了吗？

第18章

是她生日

晚上，阮粟洗完澡出来，刚躺在床上，就接到了阮清山的电话。

阮清山先是问了她最近在学校过得怎么样，最后才说他明天有点儿事，问她想要什么生日礼物，他回来补给她。

听到这里，阮粟才意识到明天是她生日。

难怪今天下午沈燃问她明天是不是还要练习，原来是因为这个。

她竟然给忘了……

"西米？"

阮清山叫了她好几声，阮粟才回过神来："我没什么特别想要的，爸爸你随便买就好了，不买也可以。"

阮清山闻言，心里更加愧疚，十分抱歉地道："往年的生日都是和你一起过的，今年爸爸不在，你……"

"没事啦，生日每年都过，爸爸的工作重要。"

挂了电话以后，阮清山看着手机愣了几秒，他怎么感觉西米还有点儿开心的样子？

看来这孩子最近实在是太累了。

阮粟放下手机，从床上探了一个头出来，问陈尤安："我们明天下午的练习什么时候能结束啊？"

陈尤安"哼"了声："明天辅导员和学校领导要来看我们排练，你还是先想想到时候掉链子了怎么办吧。"

"知道了。"

她们几个现在排练得已经差不多了，明天应该能一遍过，结束了她就可以去找沈燃了。

阮粟重新钻进被子里，看着枕头旁边的小海豚和小兔子，嘴角逐渐上扬。

第二天下午，排练顺利结束，学校的领导都很满意。

副校长看着阮粟，微笑着点头："小姑娘不错，前途不可限量。听说，你明年要去柯蒂斯音乐学院了吧？"

阮粟轻轻点头。

副校长脸上写满了赞赏，又表扬了几句之后，离开了。

辅导员走之前道："继续加油，你们今天表现很好。"

陈尤安撇了撇嘴，开始收拾东西。

就她一人厉害，她们全是陪衬？

阮粟看了眼时间，本来想走的，但转头一看，陈尤安和另外两个女生脸上的表情都闷闷的，她抿了抿唇："这段时间大家都辛苦了，有要去喝奶茶的吗？我请客。"

她话音落下，其他人都没说话。

阮粟停顿几秒，又道："那去吃火锅？"

这时候，陈尤安抬起头来，一脸嫌弃："行了行了，你不是要约会吗，赶紧去，别杵在这儿。再说了，天天都吃火锅你不腻吗，周末去吃其他的吧。"

其他两个女生见陈尤安都说话了，也不好再僵着，对着阮粟笑了下："对对对，别耽误你约会了，我们吃不吃都无所谓的。"

"那就周末去吃吧。"阮粟把大提琴塞给陈尤安，一边跑一边说，"你帮我带回宿舍一下，我晚点儿给你带吃的回来。"

陈尤安看着阮粟透露着愉悦的背影，气得嘴抽了抽，她搭理她干吗！

有个女生叹了口气："这次的排练全部都是你在组织，出的力最多，而且我觉得阮粟的大提琴拉得也比你好不到哪里去，怎么现在功劳全部成了她的？"

陈尤安收回视线，扫了女生一眼："怎么着，跟我玩背后挑拨离间这套吗？"

女生被她说得脸色变了一下："我不是……"

"是不是你最清楚。"陈尤安拿上阮粟的大提琴，头也不回地离开。

顾从南已经在游戏厅门口站了半个小时了，每多待一秒钟，他都觉得自己忍耐力又突破了新的极限。

而一旁的林未冬相对他来说，就轻松了很多，只是平静地抽着烟，再用仇视的目光打量着他。

顾从南看了眼里面，暴躁地道："他们到底还要聊多久，不知道什么叫作先来后到吗？"

这几天他挣扎了许久，好不容易才重新说服自己来找沈燃，把话说个清楚，谁知道刚走到门口，就被他后面的人给抢先了。

林未冬抽完手里的烟，没有回答这个问题，只是问："沈燃的手是因为你受伤的？"

听了这话，顾从南脸上的血色迅速消失。

林未冬又道："过去的事沈燃没有和你计较，我也不想多和你说什么了，但沈燃摆明了不愿意见你，你以后还是别来了，免得惹得大家都不痛快。"

顾从南捏紧了拳头，咬着牙关："我只和他谈。"

"我说你这人怎么好话坏话听不懂呢。"林未冬本来就对他心里憋着气，这会儿见他油盐不进，更是窝火，"要不是你是阮粟的朋友，你以为你还能站在这儿跟我说话吗。"

不然他早把这家伙揍趴下了。

林未冬说完，也不想在这儿跟他耗着，转身出了巷子。

阮粟到的时候，顾从南正捏着拳头站在门口，脸色紧绷。

她轻轻抿了下唇，往前走了一步："你不该来的。"

顾从南喉头滑动了一下，扭过脑袋："我知道我做错了很多事，可我真的是想弥补……"

阮粟张了张嘴，一时不知道该说什么。她明显地听到了顾从南话里的颤音。

顾从南到底还是憋了回去，往旁边的长椅上一坐："反正我今天不等到他，就不走了。"

这时候，从游戏厅里面一前一后走出来两个人。

走在后面的男人看向阮粟，眉头一挑，笑了声："可以啊，看你这游戏厅破破烂烂的，竟然还吸引了这么漂亮的小姑娘来。"

沈燃勾了勾唇，停在阮粟身边，介绍道："我女朋友，阮粟。"说着，又对身边的小姑娘说，"这是十一。"

阮粟跟十一打了声招呼，很明显，对方还没从她是沈燃女朋友这个消息带来的震惊中回过神来。

半晌，他才憋出一句话："你好你好，我是Dawn以前的队友……"

他才刚出声，就被沈燃不冷不淡的视线给扫了回去。

十一一口气吊在半空中，不上不下。

这是说错什么了吗？

沈燃道："你不是有事吗，还不走？"

"哦哦哦，这就走。"十一走了两步，又对阮粟道，"那什么，下次再见啊。"

阮粟朝他挥了挥手："再见。"

等十一走后，沈燃瞥了眼一旁的顾从南，看向阮粟，缓着声音道："你进去等我一下，嗯？"

阮粟回过头看了看顾从南，轻轻点头。

很快，游戏厅门口就只剩他们两个人。

沈燃从兜里摸出烟盒，敲了一支烟出来咬在唇间，点燃后，不紧不慢地出声："我最后跟你说一次，以后不要出现在我面前。"

顾从南死死咬着牙："我只是想问你……"

退役的原因到底是不是因为他。

"是又如何，不是又如何？"沈燃掸了掸烟灰，面无表情地看着他，"你能做什么？"

"我……"顾从南语塞，沉默了一阵后，他再次开口，"我可以不再出现在你面前，但过去发生的那些事你要恨就恨我好了，跟妈无关……"

沈燃黑眸冰冷，声音里透着莫大的寒意："够了。"

顾从南低下头，垂在身侧的拳头捏紧又放松，放松又握紧。

到最后，他还是没有再开口，离开了。

沈燃冷着脸熄灭了手里的烟蒂，又重新点了一支。

巷子里，始终安静。

那些只想被他埋在黑暗里的东西，因为顾从南的出现，再次被翻了出来。

一遍又一遍地提醒着他，他的过去有多么的不堪。

不知道过了多久，阮粟出来。

小姑娘声音细细软软的，道："他走了吗？"

沈燃收回思绪，顺手熄灭了还剩一半的烟，嗯了一声："今天下午没练习吗？"

阮粟坐在他旁边："今天辅导员和领导去看我们排练了，说我们表演得还可以，就提前让我们走啦。"

沈燃侧眸看着身旁笑容浅浅的小姑娘，薄唇弯了一下："累吗？"

"哦……还好。"阮粟活动了一下脖子，"这个量跟我以前练习的程度相比起来好多了，也没人管着。"

说完，阮粟才察觉到暴露了自己的心声，她悄悄吐了吐舌头。

沈燃黑眸里温度逐渐融化，溢出几丝笑意。

阮粟放在椅子上的手下意识地握了握，犹豫了两秒才问出声："那你呢，你以前练习累吗？"

其实她一直想问沈燃，但她怕他排斥过去发生的那些事，也始终没有合适的时机。

刚好今天遇到了他以前的队友，她思考了许久，还是小心翼翼地问了出来。

沈燃似乎并不感到意外她会问这个问题，声音淡淡地道："不累，喜欢一样东西时，不论付出再多，都不会感到累。"

阮粟咬了下唇，声音更轻："那你……现在还喜欢吗？"

沈燃知道小姑娘真正想问的是什么。

他转过头，唇角勾起："还好。"

阮粟一时有些没反应过来，这个"还好"是什么意思。

沈燃抬手，揉了揉她的脑袋："因为有了更喜欢的。"

两秒后，阮粟终于意识到他说的是什么意思，耳朵瞬间就红了，结结巴巴的也不知道该说什么才好。

沈燃黑眸笑意加深，低声哄着小姑娘："抱歉，一直都没有告诉你我以前的事。"

和阮粟在一起之后，沈燃好几次都想要把一切都告诉她，可每次话到嘴边，又犹豫了。

沈燃从来算不上什么好人，也不在乎别人的看法。

可现在，他却怕小姑娘知道他的过去会离开他。

那些无法解释的原因，导致他迟迟开不了口。

阮粟眨了眨眼睛："你给我说过的呀。"

"嗯？"

"之前你说你开游戏厅前在打游戏，那时候我就知道了。"阮粟眼睛亮亮的，"我知道你是Dawn，也知道你拿过无数个金牌，知道你在每场比赛后面付出了多少，知道对于你来说，赛场有多重要。"

从退役到现在，已经有三年零两个月。

在遇到阮粟以前，沈燃一直以为这辈子就这样了，他也从没确切地去想重新开始打职业赛这件事。

"Brun"这个号对于他来说，是不甘是重新开始，是证明他手没废还能再打。

但他也清楚，就算是手没有受伤，他也已经过了黄金年龄，无法恢复到以前的状态。

所以他任由这个号在前十上下浮动，不去触碰那个极限。

能打到哪里，就是哪里。

可阮粟的出现，给他贫瘠的生命里照进了一道光，灿烂又明媚。

他想要张开怀抱，去拥抱这道光，不让她离开。

今天游戏厅里一个人都没有，相比平时安静了许多。

阮粟站在娃娃机上，一边抓娃娃一边等沈燃。

她发现这里面的布偶好像换了一批新的，每个都怪可爱的。

可把一篮子游戏币都快用完了，她也没抓起来一个。

阮粟看着橱窗里一个个躺着的乖巧的玩偶们，鼓了鼓腮帮子，小嘴瘪瘪的。

她正打算退开去玩别的时，一股强烈的男性气息罩下，将她整个人都包围住。

沈燃一只手撑在她旁边，一只手覆在她握着操纵杆的手上，将小姑娘圈在了怀里，嗓音低沉有磁性："再试一次？"

男人温热的气息喷薄在耳边，呼吸间都是清冽的沐浴露香味。

阮粟整张脸都开始发烫，她点了点头，深深吸了一口气，将自己的注意力全部放在娃娃机上，尽量不去看他。

沈燃重新投了币，带着她的手晃动操纵杆，调整位置："这个可以吗？"

"可以……"

沈燃勾了勾唇，右手摁下按钮。

阮粟亲眼看着玩偶被抓起，再在半空中……落下。

阮粟："……"

这怎么和想象的不一样？

"再来。"

　　几次失败之后，阮粟开始对自己产生了怀疑，之前沈燃抓的时候几秒就把娃娃抓出来了，肯定这次是因为带着她。

　　阮粟收回手，垂头丧气地说："不玩这个了。"

　　沈燃扬眉道："嗯？"

　　"这个可能不太适合我。"

　　"那你喜欢吗？"

　　阮粟转过头，望着他："喜欢啊，可是……"

　　她话刚说到一半，就看到一个吊着小兔子的钥匙出现在她面前。

　　沈燃唇角含笑："喜欢哪个，以后自己打开拿。"

　　阮粟愣了几秒后，才反应过来，沈燃是打算把钥匙给她。

　　她刚想说不用了，沈燃就再次开口，声音低沉有磁性，带着几分诱惑："生日礼物。"

　　阮粟这下完全拒绝不了，那把停在眼前明晃晃的钥匙，仿佛在无声地朝她招手，好像收下这个钥匙，她就能离沈燃更近一点儿。

　　几乎是没有犹豫的，阮粟伸手接过，仔细地将钥匙装进了包包里。

　　沈燃眸子里笑意更加深刻，揉了下小姑娘的脑袋，语调缓而慢："收下就不能反悔了。"

　　阮粟眼睛亮亮的，轻轻点头："我会好好收着的。"

　　沈燃再次投了一个游戏币，将阮粟刚才看中的那个玩偶抓了出来。

　　整个过程只要了十秒。

　　阮粟看着手里的小青蛙，陷入了漫长的沉默。

　　这是沈燃送她的第三个玩偶，可她怎么总感觉哪里怪怪的……

　　沈燃单手插在裤兜里，唇角勾了勾，眉头微挑："想吃什么？"

　　阮粟抱着小青蛙，收回思绪，转过头看了看外面已经黑透的天空，轻轻地问道："可以不出去吃吗？"

　　她想多和沈燃待一会儿，就他们两个人。

　　沈燃低头凝望着眼睛里熠熠生辉的小姑娘，语调低低缓缓，充满磁性："好。"

游戏厅里有一个小厨房，通常林未冬、秦显他们吃腻了外卖和餐厅里的东西就会自己弄点儿吃的。

不过都是一群男生，也弄不了什么山珍海味，都是一些能吃的家常便饭。

所以，基本的食材都有。

沈燃在厨房里接水，阮粟趴在门框上，眨了眨眼睛："有什么我可以帮你的吗？"

男人关了水，点火，转身道："帮我把手机拿过来一下。"

"好的。"阮粟应了一声，欢快地跑到收银台前，左右看了下，都没找到沈燃的手机。

阮粟又在游戏厅里转了一圈，也没有。

她重新跑到厨房门口："你手机在哪里呀，我没有……"

沈燃挑眉，摸了下衣服口袋："这里，我忘了。"

阮粟鼓了鼓嘴，望向他身后，水已经开了。

沈燃笑："在外面坐一会儿，很快就好。"

"我想站在这里陪你。"

小姑娘声音软软糯糯的，就趴在门边，只露出了小半张脸，眼睛忽闪忽闪的。

他缓声道："好。"

面很快出锅，整个厨房里都弥漫着食物的香气。

阮粟肚子非常应景地发出了声音。

这时候，她的手机也刚好响起。

阮粟低头看了一眼，是周岚打来的。

她趁沈燃不注意，快速走到了游戏厅外，接通电话："妈……"

周岚道："你还在练习吗？"

阮粟抿了抿唇，没有立即回答。

好在周岚没有继续问下去，只是说："西米，你爸爸有事不能给你过生日了，妈妈已经在你最喜欢去的那家餐厅订好了位置，我现在过来接你，你准备一下。"

闻言，阮粟几乎是脱口而出："不用了！"

说完后，她才意识到她的反应好像强烈了一些，平静了一下情绪才道："谢谢妈妈，不过我已经和我同学约好了，我们已经在吃了。"

周岚明显是愣了一瞬的，过了会儿才问："是你寝室的那两个女生吗？"

阮粟垂在身侧的手微微收起："嗯。"

电话那头顿了顿才又道："行吧，那你和她们玩得开心点儿，不过也别太晚，明天还要上课。"

"知道了。"

周岚握着手机，正要挂断电话时，阮粟的声音再次响起："妈妈……"

"怎么了？"

阮粟小声道："谢谢你。在过去的二十年里，谢谢你一直在为我付出，也谢谢你在二十年前的今天把我带到这个世界上。"

周岚大概是没料到她会这么说，愣了许久后，才笑着开口："傻孩子，跟妈妈道什么谢，妈妈只希望你过得好。西米，二十岁生日快乐，从今天开始，你就是一个大人了。"

沈燃靠在门口，小姑娘的声音细细软软。像是一根羽毛，轻轻落在他的心弦上，激起涟漪，一点点发出光亮。

他单手插在裤兜里，漫无目的地看着前方，视线平静又温暖。

衣服口袋里，手机在震动。

是沈老太太打过来的。

沈燃接通，语调懒懒地道："怎么了？"

沈老太太刚跳完舞，那边还有点儿吵，她拔高了声音："我记得今天是阮粟生日啊，你约她一起吃饭了吗？"

"嗯，在一起呢。"

沈老太太"嘿"了一声，抑制不住的开心，道："你这葫芦总算开窍了，生日礼物得好好准备，蛋糕也要有，还有还有……还有什么来着，瞧我这脑子，刚刚还记得，怎么突然忘了。"

说着，她又感慨道："人老了，就是不中用了。"

沈燃勾了勾唇："放心，都准备了。"

"总之你自己看着办吧，阮粟是个好姑娘，你可千万别错过了，不然我死了都能被你气活。"

"奶奶。"沈燃淡淡开口，道，"我打算重新开始。"

沈老太太愣了愣，半晌才喃喃道："重新开始……还是玩你的那个游戏？"

沈燃低笑了下："您不是说我那时候至少还能挣钱，不像现在这么穷吗？"

"这个挣不挣钱是一回事，你玩那个东西，就算是我能接受，那人家小姑娘家里会接受吗？"

"试试吧。"

总比他现在这样在游戏厅无所事事要好。

沈老太太叹了一口气："说起来，你当初发展得也挺好的，还有世界冠军的奖杯能让我拿出去炫耀。如果不是那个女人突然出现，你也不会……算了算了，不说这些事了，反正你自己的事自己看着安排吧，我是没有意见，不过你还是得问问阮粟的想法。"

"好，我知道。"

"那你替我祝她生日快乐，我就不打扰你们了。"

沈燃刚挂了电话，阮粟就推开门进来。

阮粟见沈燃站在门口等她，不好意思地吐了吐舌头："我妈妈打给我的，好像说得有点儿久了……"

沈燃扬了扬手机："没事，我刚才也接了个电话。"

她几乎下意识地问出了声："是谁啊？"

"奶奶打来的，说祝你生日快乐。"

闻言，阮粟脸红了红，抿着唇笑："那我们什么时候去看奶奶吧，我想她了。"

沈燃挑眉："可以。"

他转身走向厨房："面有些凉了，我再重新给你做。"

阮粟赶紧跑过去，抱住碗："不用了，这个温度刚刚好。"

这时候，有人敲了敲门："是沈先生吗？你订的蛋糕到了。"

阮粟望向沈燃，眨了眨眼睛。

"是。"沈燃舔了下薄唇，回过身去拿蛋糕。

沈燃拿了蛋糕回来的时候，阮粟正低头吃着面，腮帮子一动一动，耳朵红红的，像只小兔子。

沈燃坐在她对面："好吃吗？"

阮粟咽下嘴里的面，点了点头，眼睛弯成了一道月牙："好吃！但就是有点儿多……我可能吃不完。"

沈燃用纸给她擦了擦嘴角，音线清冽富有磁性："没事，吃不完剩下给我。"

阮粟吃了一小半就吃不下了，沈燃倒了一杯温水给她后，直接把剩下的拿过去吃。

虽然说他们以前也一起吃过东西，阮粟也有吃不完的，但基本就是食物的种类买多了，还从来没有像现在这样，是吃一个碗里的……

阮粟看得脸越来越红，连忙拿起水喝了一口。

沈燃吃东西很快，一会儿碗里的面就吃完了，他对阮粟道："坐一下。"

说完，起身进了厨房。

阮粟把杯子里剩下的水喝完，放在桌上的手机震动了一下。

是安楠发来的短信，问她今晚还回去吗。

阮粟拿起手机，正要回复的时候，一条新消息出现在对话框。

安楠的信息是："注意好安全措施啊。"

噗——

阮粟嘴里的还没咽下的水直接被呛了出来，她接连咳嗽了好几声。

沈燃听到声音，关了水走出来，轻轻拍着阮粟的背："怎么了？"

"没……没什么！"阮粟连忙把手机屏幕关掉，反扣放在桌上，一张脸红到了脖子根儿。

因为安楠的那句话，她现在整个大脑都是空的，紧张又慌乱，却还要努力保持着镇静，避免被沈燃看出什么来。

沈燃重新给她杯子里添了水，等她喝下，才低声问道："好些了吗？"

阮粟抱着水杯点了点头，深深吸了一口气，平复着情绪道："好了。"

沈燃揉了揉小姑娘的脑袋："再休息一会儿，我去把厨房收拾了。"

阮粟乖乖点头。

等他进了厨房，阮粟抱着手机回过头看了看，才低下头悄悄回复着。

阮粟回复道："你想些什么呢，没有的事！"

安楠调侃道："都是成年人了，你可得想好了啊，今晚是你生日，你提什么要求沈老板都会答应你的，不要错过这个机会哦！"

阮粟被她说得脸更加的烫，脑海里却忍不住开始浮现一些画面，越来越不可描述……

很快，安楠的消息继续发过来："我不打扰你们了，最后一句，在这个美好的夜晚，千万不要压抑自己哦。"

身后传来脚步声，阮粟连忙切出了聊天记录。

沈燃走到门口，脚步顿住。

小姑娘不知道看到了什么，抱着手机满脸通红，眼睛湿漉漉的，唇瓣粉嫩。

他舔了舔薄唇，上前一步拆开了蛋糕，摸出打火机点燃了蜡烛。

沈燃轻声喊她："阮粟。"

阮粟看了过来，黑亮湿润的眸子望向他，下意识"啊"了一声。

沈燃眸子深了几分，嗓音低沉："吹蜡烛了。"

厨房外的小灯不知道是什么时候被关了，只剩下一支小小的蜡烛摇曳着。

整个房间里，都是暖黄柔和的光线。

蛋糕上，是一个卡通的大提琴，周围点缀了小小的音符和彩虹。

很漂亮。

阮粟慢慢走到桌子前，双手合十，闭上眼睛许愿。

过了一会儿，她睁开眼睛，却没有立即吹蜡烛。

而是转过头看向沈燃，小声喊他。

沈燃垂眸凝着小姑娘，嗓音低低的，道："嗯？"

一圈一圈的光晕下，小姑娘的眼睛显得格外明亮，仿佛装下了满天的星星，璀璨又耀眼。

沈燃喉结上下滚动，移开了一点儿视线，不动声色地舔了下薄唇："怎么了？"

阮粟放在身侧的手抓住了衣角，声音轻轻地道："我刚刚许了一个愿望。"

她想要，沈燃重新回到赛场上。

不管沈燃的过去是什么，她都不在乎。

不管那些人都是怎么说的，她只相信她看到的认识的那个沈燃。

她也会永远陪在他身边。

阮粟突然伸手抱住他，把脑袋埋在他怀里："不论你做什么，我都会支持你，像你支持我一样。"

沈燃身体僵了僵，伸手将小姑娘抱住，低头吻在她眉心："好。"

闻言，阮粟嘴角抿了抿，脸上扬起笑容，从他怀里抬起头来："那我们一起吹蜡烛吧……"

话音未落，她的唇就被人堵住，呼吸间都是清冽的男性气息。

阮粟慢慢闭上眼。

旁边，生日蛋糕上的大提琴静静躺在那里，音符仿佛随着蜡烛发出的光晕在轻轻摇曳着。

不知道过了多久，就在阮粟快要喘不上来气的时候，沈燃终于松开了她。

紧接着，她就感觉脖子一凉。

阮粟低头，发现脖子上多了一条项链。

她看向沈燃，湿润的眼睛里多了几分疑惑。

沈燃微微勾唇，嗓音低哑："生日礼物。"

"可是你……"不是送过了吗。

还在她的衣服口袋里。

沈燃道："这是正式的。"

阮粟还想说什么，沈燃就捏了捏她的耳朵："时间不早了，我送你回去。"

听了他这句话，阮粟脑子"嗡"的一声，想起了安楠发的消息，一瞬间，她脸烫得不行，都不敢去看沈燃，只是胡乱地点着头："好。"

—敬请期待大结局—